# 关东五十匠

王文山◎著

中国文史出版社

**图书在版编目(CIP)数据**

关东五十匠 / 王文山著.-- 北京:中国文史出版社,2022.3

ISBN 978-7-5205-3332-4

Ⅰ.①关… Ⅱ.①王… Ⅲ.①散文集-中国-当代 Ⅳ.①I267

中国版本图书馆 CIP 数据核字(2021)第 225937 号

---

责任编辑:牛梦岳

---

出版发行:中国文史出版社
社　　址:北京市海淀区西八里庄路 69 号院　邮编:100142
电　　话:010-81136606　81136602　81136603(发行部)
传　　真:010-81136655
印　　装:廊坊市海涛印刷有限公司
经　　销:全国新华书店
开　　本:880mm × 1230mm　1/32
印　　张:8.25
字　　数:200 千字
版　　次:2022 年 5 月第 1 版
印　　次:2022 年 5 月第 1 次印刷
定　　价:56.80 元

---

# 目　录

序一　匠心致远　文以赓传 …………………………… 唐　飙 1
序二　工匠精神　永放光芒 …………………………… 金恒宝 8

## 民以食为天

烧酒匠 …………………………………………………… 2
杀猪匠 …………………………………………………… 8
榨油匠 …………………………………………………… 12
炸麻花匠 ………………………………………………… 16
豆腐匠 …………………………………………………… 20
酸茶匠 …………………………………………………… 23
爆米花匠 ………………………………………………… 27
酿醋匠 …………………………………………………… 30

漏粉匠 …………………………………………………… 34

## 田家少闲月

种瓜匠 …………………………………………………… 40
木　匠 …………………………………………………… 44
铁　匠 …………………………………………………… 50
编席匠 …………………………………………………… 54
洋铁匠 …………………………………………………… 58
育种匠 …………………………………………………… 62
劁猪匠 …………………………………………………… 67
泥瓦匠 …………………………………………………… 70
秤　匠 …………………………………………………… 75
骟　匠 …………………………………………………… 79
烧窑匠 …………………………………………………… 82

## 人间烟火气

苫房匠 …………………………………………………… 88
鞋　匠 …………………………………………………… 91
伞　匠 …………………………………………………… 95
锁　匠 …………………………………………………… 99
弹花匠 …………………………………………………… 103
裱糊匠 …………………………………………………… 106
剃头匠 …………………………………………………… 110

成衣匠 …… 115
锔锅匠 …… 118
绢花匠 …… 122
刻挂钱儿匠 …… 125
纸葫芦匠 …… 129
秫秸灯匠 …… 133
秸秆扎刻匠 …… 138

## 休闲与娱乐

风筝匠 …… 144
钓鱼匠 …… 149
说书匠 …… 153
皮影匠 …… 157
喇叭匠 …… 162
制鼓匠 …… 166
东北大鼓匠 …… 169
扎彩灯匠 …… 172

## 文化与艺术

塾师匠 …… 178
教书匠 …… 182
画　匠 …… 186

皮影镂刻匠 …………………………………………… 188
根雕匠 ………………………………………………… 193
剪纸匠 ………………………………………………… 198
烙画匠 ………………………………………………… 205
转坛写匠 ……………………………………………… 209

## 美文共赏析

双城故事　民俗大观 ………………………… 土　人 216
那些渐行渐远的“匠人”们
——读王文山先生《关东五十匠》有感 ………… 于秋月 219
工匠精神里的文化情感 ………………………… 杨　勇 223
匠心匠文塑匠人
——《关东五十匠》读解 ……………………… 李长荣 225
匠人是人类的教科书
——赏读王文山新著《关东五十匠》………… 霍华民 230
寻找黑土地上的匠心
——读王文山散文集《关东五十匠》………… 张晓光 234
黑土地上的民俗画卷 ………………………… 韩文莲 237
古城盛开民俗花 ……………………………… 陈瑞霞 240
后记　弘扬匠人精神　传承匠人文化 ……………………… 243

## 序一

# 匠心致远　文以赓传

唐　飙

王文山先生是哈尔滨市双城区作家协会主席，多年来，矢志不渝，刻苦从事文学创作，硕果累累，成绩斐然。2018 年他出版了散文集《关东匠人》，引起了广泛反响，深受读者喜爱，好评如潮。当年 12 月，我带领哈尔滨市作家协会的 11 个创作专门委员会的主任赴双城，参加了文山先生《关东匠人》新书发布和作品研讨会，与会的几十名作家、评论家纷纷发言评价该书。记得当时我引用了北宋理学大家张载的名言“为天地立心，为生民立命，为往圣继绝学，为万世开太平”，以此来肯定《关东匠人》一书的作用和价值。文山先生深受感动，会后他表示，《关东匠人》一书收集编写得还不够全面，还有一些能工巧匠没有挖掘出来，尚需进一步开凿，力争两三年内再写一本《关东五十匠》。果不其然，两年多的时间，文山先生焚膏继晷，呕心沥血，终于将《关东五十匠》付梓，并诚邀我为之作序。平心而论，我极少为人写序，一是序是难写的文体之一，序文的典范王羲之的《兰亭集序》、王勃的《滕王阁序》、李白的《春夜宴从弟桃花园序》等都是不朽的名篇，而今人之序则大输文采，只是书的内容简介，抑或是评论而已。我又不善此道，故实在忐忑不已。二是要写好序文，须对原书了然于胸，才敢下笔，而精读一本20多万字的书也需时日，好在强挤时间把《关东五十匠》书稿细读一遍，才敢动笔。

文山先生以生动的笔触，为能工巧匠续写了绝学。

孩提时代，不谙世事，而记忆深处仍回响着“锔锅、锔碗、锔大缸、锔小三盆不漏汤！”“豆腐，大豆腐，热乎的豆腐！”……生活在20世纪50—70年代的关东人都知道这是锔锅和卖豆腐的走街串巷的吆喝声，人们把他们叫作锔锅匠、豆腐匠，而文山先生一口气就开掘出关东大地上50位匠人，令人大开眼界，长了见识，实属不易。由此我蓦然想到以色列著名历史学家和作家尤瓦尔·赫拉利创作的《人类简史》一书，在这本书里作者描述了人类从石器时代至21世纪的演化与发展史，并将人类历史分为四个阶段：认知革命阶段、农业革命阶段、人类的融合统一阶段、科学革命阶段。众所周知，我们这一代人经历了“科学技术革命阶段”，在科学技术飞速发展的今天，社会上很多行业不断地兴起，也有一些传统行业不断地消失。就中国而言，我们常说三教九流、五行八作、七十二行当，这些行当在封建社会，甚至更早的时期便已存在，乃至现在，有的行当仍是人们谋生的手段。恰恰就在这些行业当中，涌现出了很多能工巧匠，后来被称为“工匠”。前两年我曾参加过总工会“大国工匠”评选，作为主评委我对工匠是这样理解的：“工”就是技术技能，而“匠”则是智慧和精神，二者合在一起就是有特殊技艺和刻苦钻研精神，并取得了卓越成就的人，这些工匠在社会生产和人们的生活中是不可或缺的。更重要的是，他们在整个社会发展当中起到了推动和促进作用，他们更是生产力的创造者。而在当下，随着社会的进步，科学技术的飞跃发展，这些行当已经渐行渐远了。

现在的80后、90后、00后，对王文山先生所写的五十匠不仅仅是陌生，大多连知道都不会知道了，即使听说过匠人，能够提及这些匠人的时候也不多了。比如说杀猪匠，现在有了屠宰场，机械宰杀，省时省工。即使有个人杀猪也是零星半个的，好在偏远的农村还有杀年猪的习俗，不然杀猪匠也彻底退出历史舞台了。再比如说裱糊匠，早已经消失得无影无踪了。现代人装修房子，刷涂料、刮大白、贴壁纸、镶嵌实木，根本用不上什么裱糊匠啊。还有劁猪匠，现在的猪几乎都是养猪场圈养，有先进的培育和节育技术，根本不用手工劁猪，这门技术也就失传了。还有石匠，过去我们是推碾子拉磨给五谷杂粮去皮，获得米面。而随着磨米机、破碎机、磨面机的推广使用，现在哪里还用毛驴儿拉磨推碾子呢？退出历史舞台的石碾石磨已成了人们怀旧和参观的物件了。

文山先生还挖掘出几位鲜为人知的匠人来，诸如在《塾师匠》一文中他这样写道：20世纪四五十年代，在黑龙江省双城县（现哈尔滨市双城区）西的大部分村落里，也就是在拉林河东岸和松花江北岸，有位塾师匠无人不知无人不晓。据说这位朱先生是宋代文学家、思想家朱熹的九世孙。朱老先生名永富，字监亭，生于山东省莱州府昌邑县北孟镇朱家庄。他是清末最后一茬秀才，其岳父做过光绪皇帝的侍读。清政府被推翻以后，朱永富几经流离辗转来到双城堡办起私塾来。提起朱老先生，六七十岁以上的老年人，都十分动容地你一言他一语地一段一段讲述这位朱老先生的往事……作者简略介绍了这位塾师匠，而现在我们有幼儿园、小学、中学、高职、技校、中专、大专、大学，林林总总的公家办学机构，私塾已经不复存在，塾师匠自然也就随之而去了。文山先生能够挖掘出来50位关东匠人，确实难能可贵。匠人们的故事给人一种记忆，勾起人们绵绵不断的思绪，让人们永远不忘这些能工巧匠，不忘匠人的技艺，震撼于他们的发明创造，同时也记住了过往生活。如果文山先生不去发现，不去挖掘，这些匠人文化就会湮没在荒流蒿草和历史长河之中。很多匠人的技艺都没有传人，甚至也没去申请非物质文化遗产，实在令人惋惜。文山先生把它挖出来呈现给世人，让人们去记忆，去怀念，去保护，使人们知道在社会的进程当中，还有这样一批草根匠人，为生产生活做出了卓越的贡献。所以《关东五十匠》这部书不仅仅有文学价值，更多的是史学价值，确确实实为往圣继了绝学。

文山先生以深情的叙事，讲述50个匠人鲜活的故事。《关东五十匠》以叙事散文的文体把匠人们写得活灵活现，文山先生不愧是写散文的高手。此前，他的散文《我多么想再吃一碗你做的猫耳面》曾获中国散文2018年度评比二等奖。他创作的散文《童年的兰棱河》入选《中国散文家代表作集》，获“中国当代散文奖”。他的创作成绩编入《中国散文家大辞典》，多篇散文入选《中国散文大系》和《我最喜欢的散文一百篇》及《中国最美散文一百篇》。文山先生在《关东五十匠》中以讲故事的方式娓娓道来，把50个匠人的喜怒哀乐、悲欢离合、爱恨情仇、生活甘苦写得淋漓尽致。各色匠人，身怀绝技，仿佛出现在读者面前，展示着他们的拿手好戏和绝活。诸如《锔锅匠》中这样写道：他挑着工具挑子，进村入屯，走街串巷，为人民服务，其挑子是两个箱子，其中一个箱子有三层抽屉存放工具，另一个箱子则是风箱生火加温之用……只见张师傅选个向阳之地，放下担子，先瞅了瞅破损的大铁锅，然后拿铁锔子，小心翼翼地锔起了大铁锅。锔碗儿、锔酒壶、锔胆瓶等，属于最精致的活儿，用小锤轻轻敲打，将一个个锔钉嵌入小孔，再将8字纹钩紧固定，抹上白膏泥。最好锔的瓦器，如瓦盆、瓦罐儿等，因其皆为泥土烧制，质量相对疏松，钻眼儿较容易。锔锅和锔大缸技术必须过硬，正所谓“没有金刚钻，别揽瓷器活儿”，就是针对锔锅匠行当而言。只见张师傅拿出工具，坐在自带的小板凳上，将一块厚帆布盖在膝盖上做围裙，先用小刷子刷出密密匝匝的小孔来，再取出数枚扁平的小锔子，最小者长不过两毫米，把铁锅的裂痕地方掸制干净，用一根细长带钩的橡皮绳钩挂在铁锅沿上，器皿不仅要求严丝合缝，还要整洁美观。随后，村里乡亲们知道我家来了锔锅匠，陆陆续续拎着铁锅，抱着瓦盆瓦罐赶来了。

文山先生在写制伞匠人刘英杰时，饱含热情，充满同情。他对老匠人的德艺双馨发出无限钦佩，对伞厂倒闭、工人下岗、技艺面临失传寄予极大的同情，憧憬着刘师傅绝技的美好未来。刘英杰为了传承制伞工艺，实现后继有人的愿望，多次给儿子刘彬“洗脑”，讲述制伞的重要性。1991 年儿子从大连财经学院毕业回来，他令孩子改行到伞厂来学习制伞修伞技术。谁知好景不长，大红大紫的制伞历史结束了。

刘英杰舍不得扔下苦心经营十余年，凝结着自己血汗的制伞事业。无奈，他含泪买下了伞厂的半成品和零部件，和儿子以及几个技术骨干做起了个体制伞修伞的营生。刘英杰制伞认真，修伞也不含糊，每天按时按点上下班。他在简陋狭小的工作间里，等待着南来北往的修伞人。

几十年来，老刘见过的伞可以说数不胜数，大到拉簧伞，小到袖珍的儿童伞，无不在老刘的手中得到最佳的修理和还原。虽说修伞的收入不多，但他仍然坚守，即使来的人少，也感到欣慰。因为只要有人用伞、修伞，他就可以展示自己的修伞手艺。

“现在修伞的人不好找喽！辛苦又赚不到钱，没有人愿意干！”老刘边叨咕边修理手中的一把伞。只见他灵巧地将从工具箱中拿出的尼龙绳穿入针眼，然后轻轻用手触摸检查着每一根伞骨，最后按住伞面，拿起针线进行缝补。有时在缝补中，时不时揉几下眼睛。他仔细地穿过每一根钢丝，再将线提起穿入，每一针、每一线，都如同在完成一件举世无双的艺术品。

虽然那双饱经岁月磨蚀的双手早已布满厚厚的老茧，可这丝毫不影响他修伞时的乐趣。每当修好一把伞，他都会慢慢地在手中把玩，检查无误后交与顾客。每天，看着高兴而来、满意而走的修伞人，他的心里有说不出的满足。老刘告诉作者，令他感到担忧的是，唯一一个继承人，他 40 多岁的儿子刘彬突遭不幸，家中无人再从事修伞行当，他最大的愿望是能碰到接续修伞手艺的人，他将无条件地把全部手艺传给他人。

文山先生驾驭散文创作的手法达到较高水准。

精读文山先生的 50 篇散文，人物形象鲜明，结构完整，叙事精当，语言朴实，故事鲜活，情节生动……

总之，这 50 篇文章或激情荡漾，百结柔肠；或辛辣老到，惟妙惟肖；或有板有眼，意境深远；或思绪跳跃，清丽婉约……

文山先生的艺术手法难以尽言，这本书中折射出作者深厚的生活积淀、精妙的语言锤炼、广博的文史学识、深邃的思想内涵。我想文山先生的《关东五十匠》面世，不仅会受到广大文学爱好者以及作家们的喜爱，更会为史学家、民俗学家所青睐，成为关东文苑的一朵奇葩。是为序。

二〇二一年仲秋于北极村

作者简介：唐飙，中国作家协会会员，中国作家协会全国代表大会第七、八、九届代表，国家一级作家，黑龙江省作家协会副主席，哈尔滨市作家协会主席，德艺双馨文艺家，大学客座教授。

著有长篇小说《黑嫂》《万劫余生》《喋血双城堡》《谋杀1946》《桃花巷》《丹心向阳》等九部文学作品。《黑嫂》被改编为电视连续剧，曾作为新中国成立50周年献礼片在央视播出。《谋杀1946》被改编成36集电视连续剧《黑土热血》，作为建军90周年献礼片在央视播出。《桃花巷》被改编成电影《松江往事》。发表中篇小说《生死淘金客》《贵升》《鳇鱼圈》《国境街东侧》，短篇小说《芦花》《麻坛轶事》《老榆新家》等计30余万字，撰赋《太阳石记》《哈尔滨赋》《松花江赋》《太阳岛赋》。有100余万字的散文、随笔见诸报刊。

# 序二

# 工匠精神　永放光芒

金恒宝

因真实而朴实，因本色而特色，50位匠人活灵活现，栩栩如生呈现在读者眼前。著名作家王文山这部散文集《关东五十匠》，每一位匠人都让人高山仰止，活脱脱的人物具有动人心魄的力量。

现代社会处于高科技时代，许多事情都讲究实效和速成，工匠似乎也远离我们而去。然而，实现中华民族伟大复兴的中国梦，不仅需要大批科学技术专家，同时也需要千千万万的能工巧匠。更为重要的是，“工匠精神”作为一种优秀的职业道德文化，它的传承和发展，契合了时代发展的需要。

文山先生是我的老乡，也是我的长辈。他说：“现在讲大国的工匠精神，真是太好了！过去需要工匠，现在需要工匠，将来也需要工匠。不论社会怎样发展，工匠是不可缺少的。”我被他的大情怀、大境界、大视野感染了，心悦诚服。没过多久，他要我为《关东五十匠》写篇序言，我既高兴又忐忑。高兴的是和作者一拍即合，为匠人呐喊点赞；忐忑的是哪有学生给老师写序的，这不是“反盆”[①]了吗？不写，于情于理都说不过去；写，又力不从心，说不到点子上。犹豫再三，恭敬不如从命吧。

《关东五十匠》这部书稿我很有幸先睹为快，我一篇一章地阅读，一字一句地品味，一言一语地感悟。一人一物，投入忘情；一物一人，忘情投入。在作者的自然流淌的文字里，每一位人物都有血有肉，形象丰满地站立起来了。每一位人物都身怀绝技，敬业为民，品德高尚，技艺高超。这些人物的工匠精神是一种职业精神，它是职业道德、职业能力、职业品质的体现，是从业者的一种职业价值取向和行为的准则。作者深入挖掘匠人的基本内涵，是真实性与艺术性的合二而一。

在《锔锅匠》一文中，作者写自己50多年前从师范学校回家取棉衣服过冬，母亲给他炒几锅爆米花，以便回学校打零充饥。爆米花炒完后，他为了帮母亲分担一点活计，舀了两瓢凉水倒进锅里准备刷锅，热锅遇凉水，锅底裂开了一道一尺多长的璺，这口十印的锅是父亲坐火车从外地背回来的，全家人一天也离不开。这时恰巧村里来了一位“锔锅、锔碗、锔大缸”的张师傅，张师傅很快就把锅锔好了。张师傅也乐在其中，因为他从事的职业，是美好的“破镜重圆”。

对于从前“锔锅、锔碗、锔大缸”的民间匠人，我在小时候也见过。他们平时挑着专用工具担子，出村进屯，走街串巷，用小铜锣敲击或直接吆喝，他们锔好后的物件保质保量，没有偷工减料糊弄人的。只是收几个小钱养家糊口，实在没有钱的

① 反盆：方言，意为把事情搞颠倒了。

也就不收了。老子说："天下大事，必作于细。"民间匠人对每一个零件、每一道工序，都是精益求精，丢手艺的事不干，坑人的事更不干。与人方便、与人为善是匠人的行为准则。

20世纪60年代之前，黑龙江农村绝大多数住的是草房，所谓的草房就是用土坯垒墙，用木料搭房架子，用苫房草棚盖儿。《苫房匠》一文中，描述了苫房匠李凤春。苫房最见功夫的是拧房脊、抱房稍、齐檐子、拍平整。李凤春像绣花一样精雕细刻每一道工序，他苫出的房子不仅经久耐用，而且美观大方，看上去就像艺术品。作者曾问二舅李凤春，给别人家苫房子给不给钱？李凤春说什么钱不钱的，都一个屯子住着，沾亲挂拐的，谁家没个大事小情？能帮一把就帮一把，帮人是福分，做善事是积德。

人人离不开衣食住行。《成衣匠》一文中的匠人王福林更是让我过目不忘。王福林说尺有所短，寸有所长，做衣服也像做人一样，要有准则。他做出来的衣服远近闻名，不管大活小活，春秋换季，过年做衣服，还是做嫁妆，附近十里八村的人都去找王福林。有钱没钱都给做衣服，有现钱儿的给现钱儿，没有的先记账，到老秋一起结账。困难户、五保户做衣服不要钱。

读《成衣匠》，我揣摩王福林做出的衣服，为什么没有不合身的？这让我想起了清代钱泳在《成衣》一文中所说："性之急者宜衣短，性之缓者宜衣长。至于尺寸，成法也，何必问耶？"成衣匠王福林做衣服技艺之所以达到了出神入化、炉火纯青的境界，是因为功夫在成衣之外。

上述所举的例子，只不过是尝鼎一脔，《关东五十匠》是一部匠人风采大观。豆腐匠、杀猪匠、小木匠……每一位匠人均独具特色而又各有千秋。从全书来看，这些匠人是一道道让人赏心悦目的风景。

追根溯源，双城是座古城，又称双城堡，是东北历史文化名城，满族发祥地之一，历史上就有“南有辽阳府，北有双城堡”之说。作者自幼在双城这块黑土地上长大，土生土长，毕业后在家乡农村教学，后来进城当文化局局长。如今年逾古稀，担任双城区作家协会主席，不忘初心，笔耕不辍，作品越写越好，正所谓文章老更成。这部《关东五十匠》就是佐证。

我认为《关东五十匠》不是单一的匠人散文集，其中不仅描写了每一位具有匠人精神的能工巧匠，还折射出独具特色的民俗、民情、民风，具有地方性、民族性、艺术性。总之，具有广泛的黑土情结。作者热爱生活，对生活的态度是充满正能量的，他所写的匠人对待生活的态度和他本人如出一辙。正如托尔斯泰所说：“任何艺术作品中最主要、最有价值而且最有说服力的，乃是作者本人对待生活的态度以及他在作品中写到的这种态度的一切地方。”

《关东五十匠》是一部耐人寻味的散文集，其中每一位匠人都是一面旗帜，一道风景，一座高山。每一位匠人都有其人格魅力，高尚情操，昂扬的世界观。别林斯基说：“世界观是文学的根源和基础。”工匠精神将永放光芒。

作者简介：金恒宝，黑龙江省作家协会会员，《黑龙江林业报》文学版编辑。评论、散文、诗歌发表于《人民日报》《中国文化报》《文艺报》《中国散文评论》《北方文学》《黑龙江日报》《哈尔滨日报》等报刊。出版散文集《黑土乡歌》，散文《向往绿色》收入小学六年级语文课本（教科版）。

# 民以食为天

# 烧酒匠

在当下食品生产乱象丛生，中国人为食品安全担忧的时候，有人还能自觉坚守诚信做人的信条，传承家风，用良心酿酒，实属难能可贵。我的朋友，李家老泥窖酒第六代传承人，哈尔滨市双城区关东酒业有限公司董事长李柱山就是其中一个。

“蔫吧人儿，犟脾气，酿真酒，不松劲儿，一条道儿跑到黑。”这是社会上知情人对烧酒匠李柱山的评价。李家老泥窖酒创始人李殿君出生于嘉庆二十二年（1817），9岁时在山东荣成老家“将军烧锅”做学徒，18岁时成为“大拿”。光绪二年（1876），他携妻带子，加入了“闯关东”的人流，首先在黑龙江省巴彦县兴隆镇落脚，被“源长永”烧锅聘为管家兼“大功夫匠”。光绪二十八年（1902），李殿君之子，李家泥窖酒第二代传承人李世英在吉林省双城堡（现为哈尔滨市双城区）创立“李家烧锅”。1988年，李柱山在李家烧锅原址创建了“黑龙江省双城关东酒业”。

李柱山在酿酒车间

1937年，日本人相中了老泥窖酒，并逼迫李家无偿供应日本关东军。第三代传承人李永盛不甘心受日本人欺凌，遂一把火烧了酒坊，他拿起猎枪，投奔抗联走上了行伍道路。当年，第四代传承人李昌海历经千难万险来到崂山，求道士指点迷津。道士送给他四句话：“紫薇避沧海，一夜大衍年，酒旗高照日，敬香礼助三。”李昌海回来后，精心研读这几句箴言，从中悟出道理：一是马上恢复酿酒不占天时，二是李家烧锅有更辉煌的时日，三是“李氏三香”酒将是李家烧锅的核心酒品。但是，他心里没有底，唯恐疏漏了重要的点拨。直到1955年的二月初二“龙抬头”那天，他的孙子呱呱坠地，老人家茅塞顿开，“礼助三”来了！为了回避与仙人的点化同音同字，他给孙子取名“李柱山”。说来奇怪啊，孙子生来与酒有缘，见酒就亲。等到孩子周岁了，李昌海不顾家人反对往他嘴上“抹”了一滴酒，这下坏了，只见孩子面红耳赤，呼吸急促，原来这小家伙不胜酒力。李昌海连夜起身，再次来到崂山，向道士请教。道士笑答：“李家世代豪饮，得有一个清醒的酒师呀。酒有三香‘溢、喷、留’，他用‘两香’即能判酒，而唯独把‘留’给了世人，大善呀!”

李柱山不好饮酒，但他时时刻刻想着念着祖上传下来的酿酒事业。他是从小听着爷爷讲的酒故事长大的，从小学到高中，李柱山的书包里除了课本以外，就是祖辈留下的关于酿酒的手抄本。高中毕业后，他到生产队参加劳动，有一天，两个在卫生室工作的小伙子把工业用的酒精兑水当酒喝，险些丧了性命。这件事深深地触动了李柱山，让他更加坚定了传承李家老泥窖酒事业，为世人酿好酒造真酒的决心。1977 年，李柱山被保送到呼兰师专学习。1979 年毕业的时候，他同时拿到了三个证书，一个是中文专业毕业证，另一个是东农生物技术专业函授证，最后一个是黑龙江商学院的酿酒工程专业函授证。他被分配到双城工商银行工作，工资较高，待遇也优厚，但是，1988 年，李柱山不顾亲朋好友的阻拦和世俗的偏见，毅然决然地选择停薪留职，借着改革开放的春风，在李家烧锅的原址创建了黑龙江省双城关东酒业有限公司。

李柱山是个有心劲的人，在大学念书时，他就在工商局注册了“关东酒业”，成为国内第一批个体工商业者。他清楚地记得，初建厂时为了筹集资金，爱人把娘家陪嫁的“三金”卖了，爷爷把自己准备打“寿材”的两米红松卖了，父亲李成信把家中仅有的两间老房子也卖了，李氏家族的二十几个成年人还把自己的体己钱全部拿了出来。

1980 年夏天，李柱山建起了三间泥草房，同时建成酒窖三个，用分散藏匿在亲戚家里的零部件组装成了酒锅和锡锅各一个，开始启动制曲程序。当年农历八月十五那天，李氏家族全体成员近百人举行了“拜龙眼”仪式。仪式由 87 岁高龄的爷爷李昌海主持。第一项内容是家族全体成员再过一遍桥（喜鹊桥）；第二项内容是“请龙眼”，李昌海、李成信、李柱山三代传承人共同将“龙眼”之上的掩盖物挪开，只见一团团云雾从“龙眼”中喷涌而出，慢慢地飘向空中；第三项内容是请出道

酒库

士的“仙谕”，摆上供品，点焚高香，然后行三度叩拜礼。

第二天，也就是农历八月十六，李家全体成年男士三十余人，赶着当时李家最先进的交通工具——一辆两匹马拉的胶皮车，到双城城里苏胜德家去接“窖泥”。仪式亦由爷爷主持，当第一抔窖泥重见天日，李昌海老泪纵横，窖泥散发出阵阵酒香，在空气中弥漫。

同年 11 月 18 日，黑龙江省双城关东酒业，这个甚至比 1902 年李家烧锅还要简陋的烧锅开业了，没有鞭炮声，更没有掌声，倒是引发了乡邻们的种种议论。有人说：“不带劲，这烧锅开不长。”还有人说：“人家张三李四开厂子，就是贷款，也要首先把大门、大院、大楼建设好，追求气派，你看这个烧锅，也太简陋了。”最好听的一句话是 106 岁高寿的苏老爷子说的：“李家烧锅又活了！”

关东酒业的烟囱冒烟了，淌酒了，接下来是不是该做广告、卖酒了？不是！李柱山首先想到的不是挣钱或是尽快收回成本，而是“验方”，这一“验”就是十年！

老祖宗传下来的秘方有三套：第一套是在山东老家烧锅形成的方子，也就是“关东潮”酒的配方；第二套是“跑马占荒”酒的配方；第三套是“占荒原”酒的配方。对于这些秘方，李柱山早就烂熟于心，倒背如流了。可是时隔一百多年，年头最短的秘方也过了半个多世纪。李柱山脑海里画着一个个问号，这些秘方的记载是否全面翔实？数据是否准确？是否适合今天的酿酒条件？“红脸高粱王”原料经过六十多年的自育自繁，是否出现了退行性改变？一百多年的老窖泥对酒的质量和性状会产生什么样的影响？……要解答这些疑问，需要严谨反复的实验和检测。

“验方”的过程异常艰苦。首先，严格执行古法，以四“点”为关（即秘方中“提”到，两位老爷子“点”头，公司从北京、四川、贵州等地聘请的顾问“点”评，避开各大酿酒名家“点”忌），通关后方可实施。其次，要经过两个轮回反复验证，而酿酒一个轮回需要五年，两个轮回便是十年。最后，需要权威认证。那么，谁是权威呢？李柱山觉得“真人”“老酒”“新法”即是权威。十年间，李柱山与时间赛跑，除了他的爷爷、父亲及苏胜德外，还找到五位“真人”，即五常的三位年近百岁的“格格”，吉林榆树的一位九旬有余的“贝勒爷”（还携带一坛“占荒原”），还有一位老得不记得自己年龄住进敬老院的牡丹江老人。这位老人见到李柱山的酒坛时两眼放光，打开酒坛，他深吸一口气，立马叫出这两坛酒的名字——“一把连字”“占荒原”。李柱山按照秘方和爷爷的指点，将深埋在多处的部分老酒逐一请回家，同时又花高价回收“占荒原”10 坛、“跑马占荒”3 坛。为了实现最新最权威的认证，李柱山还不惜代价建设了实验室。

通过十年的验方，“关东潮”“跑马占荒”“占荒原”重生了！1990 年 12 月 10 日，关东酒业举行了小型庆祝酒会，来自四川、北京、贵州、山西等全国各地的酒业老板、专家一致认为“关东潮”香醇味酣，“跑马占荒”浓香厚重，“占荒原”三香兼具。李柱山终于还原了李家泥窖酒一百年前的味道。

中国五千年的文明史，白酒文化占有重要的席位，俗话说“诸肉难及猪肉，百酒不如白酒”，但是现在社会上，人们对白酒有着各种非议，特别是个别人指着“李鬼”骂“李逵”。“懂酒”和“善酒”的人数在减少，白酒品评标准的主流意识受到冲击，甚至存在“断代”的危机。因此，李柱山发誓要从自身做起，严守酒道，主张酿好酒，喝好酒，用应有的品质和效果还酒的清白。

李柱山酿酒不求产量，只要质量。他的酒在市面上很少见到，原因是他对买酒者要求很苛刻，对不懂酒者，他不卖。对于把他的酒作为“酒基”使用者，他更不卖。对倒酒者，他照样不卖。公司的酒曾一度滞销，资金周转出现困难。家里人劝说李柱山：“别人做的工艺酒，销路都好。咱何不也上生产线，既省工又能扩大市场。”李柱山非常生气地反问：“咱们是要口碑，还是要不义之财？”随后，他把大家召集起来，重温祖宗的教诲：“口感不能变，不然咋对得起老主顾？咱就得坚持手工制作，树立传承家风文化，酿造让消费者放心的真酒的生产理念。”

数十年来，李柱山的诚心和他配制的真品赢得了专家和广大消费者的赞誉，说他的“一窖三香”平安夜系列白酒是历史的回归，一百年前的味道。如今李家老泥窖酒相继被哈尔滨市和黑龙江省评为非物质文化遗产，他的关东酒业有限公司也被黑龙江省定为非物质文化生产基地。

# 杀猪匠

在许多人特别是哈尔滨人的心目中，双城似乎是杀猪菜的老家，人们大车小辆拉亲扯友，不断溜儿地到双城来吃杀猪菜，寻找儿时过大年的感觉，满足舌尖上的味蕾。而且许多开在哈尔滨的杀猪菜饭店，也都要在饭店的牌子上加上“双城”两字才显正宗，以博得广大顾客的认可和光顾。双城杀猪菜为什么在消费者中有如此高的美誉度？我曾经做过调查，主要是因为双城杀猪菜历史悠久，名气较大。相传公元 1114 年冬天，女真完颜部首领完颜阿骨打起兵伐辽。当地老百姓受过辽人压迫统治，听说女真抗辽，甘愿杀尽自家猪，供女真士兵食用。女真将士吃了杀猪菜，养精蓄锐，士气大振，趁夜色穿越未封冻的河水，一鼓作气，攻下辽城，次年建立金朝。

杀猪菜是女真人接待贵客的最高礼仪。直到今天，双城人仍延续着这一习俗，招待最尊贵客人的第一顿饭，也是最高礼仪，必是杀猪菜、小米饭、花园酒。据考证，清嘉庆十九年

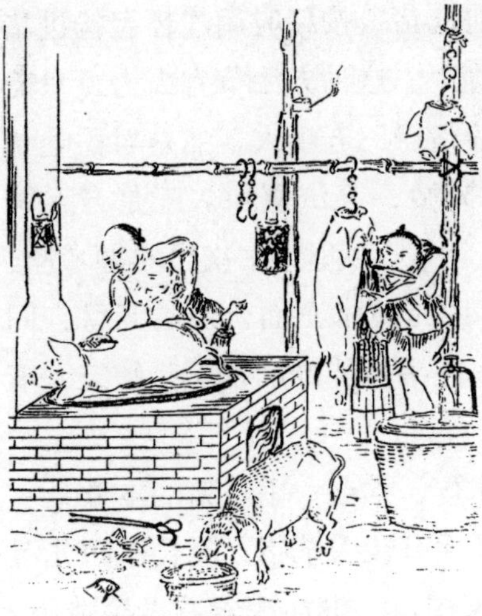

杀猪现场

(1814) 封疆大吏富俊将军主持双城建制的二百多年前，满族人就有吃杀猪菜的习俗，每逢农历春节，家家户户杀年猪，邀请四邻八舍和亲朋好友，喝烧酒吃猪肉，庆祝丰年，话友情，祭拜祖宗功德。受此影响，久而久之，居住在双城的汉人也养成了过大年杀年猪吃猪肉的习惯。

韩甸镇在双城堡西，离县城70里，是双城区西部政治、经济、文化中心。这地方是黑、吉两省和几个县的交界处，自然地理环境使这里较早地成为人员往来和商品销售集散地。据民国版《双城县志》记载，当时，韩甸有烧锅、杂货铺、饭店、车旅店30余家，每逢集市，市井繁荣，素有“微缩清明上河图”之美誉。传说此地第一个店铺是韩姓人家开的，是既住人又歇车马的车旅店，故得名韩家店，后来因村子靠近兰棱河[1]，周围有一望无际的大草甸子、柳条通，改名韩集甸，最后定名韩甸。

韩甸自古就有养猪的优良传统，历来一直是双城养猪业发展最好、最有影响力的乡镇。听“双城堡老韩甸杀猪菜”老板卫秀坤介绍，他们家祖居韩甸，其祖父的祖父就是杀猪匠。方圆百里的老百姓把卫家父子的杀猪手艺传得神乎其神，都说他

① 兰棱河：即今拉林河，下同。

们爷俩杀猪有绝活。一是杀猪前拖猪、按猪时用连环套钩进猪的嘴里拉，猪怕疼只好乖乖跟着走。这种方法节省人力，只需有一个帮手。其他杀猪匠抓猪按猪得三五个人。二是对秃噜猪的水温调试技术相当高。手感灵敏，一试便知。三是“一眼毒”，用眼睛一看，就知道出多少肉。村里人多次出难题考验，每次“嘎东”①杀猪匠都能赢。四是技术全面，左右开弓，同时可以杀几头猪。一刀断猪腿，左手也能准确切下猪脑袋，不差毫厘。

最初，卫家先人凭着聪明才智，学会一手杀猪的本领，一年四季为本村或兰棱河两岸的外地有钱人杀猪，隔长不短儿混个抹油嘴儿，弄点零花钱，养家糊口。继而摸索着做菜造厨，在厨艺不断长进的基础上，又试着在集市上做起杀猪卖肉的生意。这样一来，虽说比单纯给人家杀猪造厨卖手腕子多收入一点，但仍维持不了全家老小的吃穿。随着集市的发展壮大，市场的逐渐繁荣，兰棱河两岸，四面八方，五行八作的人员往来增多，卫氏家族的长辈们又抓住商机，大胆开起了韩甸第一家卖杀猪菜的饭馆儿。卫道良和卫恒洵父子俩靠着精良的杀猪和做菜手艺，做出来的饭菜鲜香可口，给人耳目一新的感觉，前来尝鲜过瘾的人越来越多，生意一年比一年红火。

1946 年至 1948 年，东北民主联军辽沈战役前线指挥部移驻双城堡东北隅优干胡同的两个青砖青瓦院落。司令部机关除了设机要、侦察、通信、作战、供给五个处，还设有政治部、参谋部、警卫连、卫生所等机构。与此同时，出于招兵训练、补充兵源的需要，在城乡建立 11 个兵站。韩甸有了兵站，而

① 嘎东：方言，打赌的意思。

且朱瑞将军的炮兵基地也建在这里。那时候的军民关系十分融洽，军爱民、民拥军的故事随处可见，感人至深。逢年过节，韩甸老百姓一帮一伙自发地组织起来，拉着自家养的猪，自家种的小米、麦子去慰问四野兵站和炮兵基地的官兵，当然也少不了卫家父子去杀猪做菜。平时，听说兵站或炮兵基地有伤病员，卫家父子就主动做些猪肉菜送去，为其补养身体。还有两个山东籍小战士拜卫家父子为师，学杀猪学做菜。卫家父子曾被评为拥军模范，披红戴花。老百姓无不羡慕地称他们是“红色杀猪匠”。

1995 年，卫秀坤和父亲卫常山带着杀猪造厨的手艺，进入双城堡，第一个在县城里开起了“老韩甸杀猪菜”。办店 20 多年来，卫家父子一直秉承先做人后做店，以纯绿色、促健康、保安全为宗旨，服务好每一位“上帝”，始终坚持不是韩甸散养的民猪不收，不经严格检疫的猪肉不购，让顾客吃得放心、开心、顺心、舒心。

双城老字号的韩甸杀猪菜，以它原汁原味的肉香、热情周到的服务，迎来了八方宾客。如今，韩甸杀猪菜已经成为双城饮食文化的一张名片，被顾客们亲切地称为“双城第一菜”，不仅受到哈尔滨大城市人的青睐，而且许多影视界明星大腕也纷纷赶来品尝。中央电视台、新华网等各大媒体先后几次推介老韩甸杀猪菜。

# 榨油匠

榨油匠，就是民间以黄豆、花生、芝麻、棉籽、油菜籽为原料进行榨油的工匠。

在民间的众多行当中，榨油匠是一个比较特殊的行当。这一行虽不受风吹日晒的折腾，但榨油不仅需要技术，更需要强健的体魄。

榨油技术大约产生于汉代，最早用来榨油的原料是胡麻，即现在的芝麻。据《汉书》记载，芝麻种子是张骞从西域带回来的，所以芝麻初名“胡麻”。汉代时，芝麻已经开始广泛种植，但是榨油技术是如何发明的，早期又是如何操作的，并无史料记载。

钟满军在操作榨油

到了北魏时期，在贾思勰撰写的《齐民要术》里，较为详细地记载了压榨菜籽油的方法。北宋时期，大型楔式榨油机出现了，它在当时是十分先进的，正是它的出现，才促使了真正的专业榨油坊产生。

20 世纪 90 年代中期，正是小油坊红火的时候。双城幸福乡幸福村农民钟满军凭借多年的声誉，把村里唯一的小油坊经营得风生水起。进大豆，喊一声就有人送上门来；卖豆饼，养殖户们先拉走后结账。因为诚信度高，万八千元的往来账都是乡亲们口头承诺，极少签字画押，也几乎不需要流动资金。1996 年，钟满军想扩大规模，把笨榨变成机械榨，但更换设备需要十多万元现金，邻里乡亲和养殖户们你五千他三千，几天工夫就帮老钟凑够了钱。

然而，天有不测风云，新榨机开始榨油后，一路疯涨的豆饼价格让老钟傻了眼。当时借钱时老钟和乡亲们已约定好把借款当作预付款，日后用定量的豆饼偿还。为了不失信于乡亲，钟满军坚持“高来低走”，但是那年每斤一元三四高价买进的大豆，豆饼却仍然要按照原来每斤七八角钱折合成的斤数去还，无形中每斤豆饼就亏掉六七角钱。可是钟满军为了守信，没有去找养殖户们重新谈条件。强撑了近一年后，已经负债累累的他终于无奈变卖了苦心经营的油坊和居住的老宅子还债，只留下压榨设备和一台“小四轮”。即便如此，钟满军还是背负了十万余元的外债。

油坊停工第二天，钟满军开着小四轮挨家挨户地拜访债主们：“只要我这口气还在，欠你们的账就有还上的一天。”因为大家了解钟满军的为人，几十个债主谁都没说啥。

钟满军有自己的想法，在哪里跌倒就要在哪里爬起来。他每天起早贪黑开着小四轮拉沙子或拉砖，每天都能挣几十元运输费，好的时候一天能还上一百多。

从 1997 年至 2007 年，幸福村百分之八十以上的建材都由钟满军或他父子俩运回。小四轮每天往返于建材市场和幸福村之间，路程都在百公里以上。前些年，村里还是坑洼不平的土道，一天车拉下来颠得老钟腰疼得爬不上炕，可为了尽早还清债务，他还是咬牙挺了下来。

老钟平均每天跑三次砖厂或两次沙场，全家每天装卸量都在 2.5 万公斤以上，每年唯一的休息日就是大年初一。乡亲们送给钟满军一个外号——“钟铁人”。尽管揽来更多生意，但钟满军的运费却始终低于大汽车，人家每块砖运费三分钱，钟满军只要二分五，而且服务也是最好的。乡亲们谁家有活，再急也要看看钟满军有没有工夫。为了尽快还上乡亲们的欠债，老钟和家人没日没夜地挣钱还债，先后报废了两辆四轮拖拉机，碾破了 100 多条轮胎。村民们都说，“钟铁人”的“四轮子”烧的是血汗，要不怎么能跑过大汽车！

邻村养鸡的白崇颜与老钟经常往来，钟满军扩建油坊时，老白随手甩给他 3000 元钱，后来老白不幸过世，老钟决定要把赚到的第一笔钱先还给老白家。当他拿着钱来到白家，白家人看着一脸歉意的钟满军说：“我们都不知道有这笔借款，无凭无据，你够实诚的。”

类似这样在外人看来“死无对证”的欠账还的不止这一笔，可钟满军却说：“做人就得凭良心，无论死人活人，我都要让他们知道，我老钟说话是算数的。”

为了还债，钟满军和家人风餐露宿，吃尽苦头，还债这十年，他老伴不幸患上了直肠癌，家里经济状况更是雪上加霜。

但这只是减缓了还债的进度，却没动摇他坚持还债的决心。2008 年，他终于还清了所有的外债。

十年诚信还债，十年默默坚守。“诚信”二字带给钟满军的不只是磨难和考验，更有一份意外的惊喜。

2009 年，钟满军获得“全国道德模范”荣誉奖。他到北京领奖时，结识了同去领奖的齐齐哈尔“见义勇为”英雄石健。几天的接触，这位农民赢得了英雄的敬佩。当得知老钟一直梦想重开油坊后，石健当即表示要帮助钟满军实现这个愿望。2010 年正月初二，石健夫妇专程从齐齐哈尔赶到双城，帮钟满军合计重开油坊之事。10 天后，首笔 6 万元租房子买设备的前期资金就打到了钟满军的账户。不久，14 万元的流动资金也全部到位。石健打来电话说：“这 20 万元一分利息也不要，你什么时候油坊经营好了，有钱了，什么时候还我就行。”

就这样，钟满军的小油坊在时隔 13 年后终于又重新开张了，这是用诚信赢得的力量。

我走进钟满军的新油坊，豆香味儿扑鼻而来，只见三组两米多高的压榨机下，黄澄澄的豆油缓缓流出。老钟指着地中间摆着的十几摞豆饼，满脸自豪地告诉我：“这些豆饼都有主了，翻炒完就得运走。虽然村里还有个大油坊，但是，我的豆油、豆饼一点也不愁卖。咱这东西质量好。我的事儿上了电视，其他地方的养殖户都慕名而来，我这儿的销路比大油坊还要广，基本上是供不应求。”

经过一段时间的运转，钟满军的油坊已走上了正轨，行情好时一个月的收入能达到万元。除了生意越来越红火，钟满军还光荣入了党，实现了自己多年来的夙愿。如今，这位花甲已过的老人以诚信和善良继续书写着自己的幸福传奇。

# 炸麻花匠

小时候，生在偏僻乡村的孩子，别说吃麻花，就连麻花是什么样都没见过，可是，我算其中一个特例，是幸运者。

记得我 8 岁那年，父亲领我到兰棱镇去串门，表姑给我买了十根麻花，麻花用包装纸包着，中间用纸绳缠得紧紧的。这是我第一次闻到麻花的香味儿，引得我直咽口水，馋虫早就爬出来了，恨不得马上吃到嘴。回来的路上，父亲在前面走，我在后面跟着边走边吃麻花。十几里路程转眼就走完了，十根麻花的两头全让我吃光了，只剩中间被绳捆着的一段了。我一口气吃了足足五根麻花，过足了馋瘾。

第二次吃麻花是 10 岁的时候，那年正月老姑结完婚来串亲拜年，给奶奶带来两匣大麻花，奶奶舍不得吃，都让我享受了。从匣上我知道了双城堡有个专门炸麻花和卖麻花的“福泉永馃蜡铺”。两次尝到了吃麻花的甜头，我暗暗下了决心要好好读书，将来找个好工作，挣许多钱，让我奶奶、父亲、母亲、弟弟、妹妹天天吃麻花。

通过努力，我的愿望真的实现了。1966年末，我从阿城中等师范学校毕业，当了乡村教师，有了挣钱的营生。1972年3月，我又被调进县城剧团去任编剧，每天晚上加班拍戏，团里给每个人发夜餐，不是两根大麻花就是五个酥饼，心里美美的，暗自为自己的口福而庆幸着。

2020年，在我四处寻访民间匠人故事的时候，有机会见到了老字号“福泉永馃蜡铺”的后人。

在双城堡南大街光华胡同里，有一个田氏麻花铺，主人田聪，妻子杨辉，夫妻俩都是原双城县糕点厂的职工，也是“福泉永馃蜡铺”的传承人。工厂解体后，夫妻俩开起了一家麻花铺，以炸麻花为主，兼营其他面点。后来，为了继承田家祖业，就把麻花铺改名叫“田氏大麻花”。

田氏大麻花的手艺起源于“福泉永馃蜡铺”，至今已有百年历史了。

据双城县志记载，民国三年（1914）时，双城堡就已有15家馃蜡铺。“福泉永馃蜡铺”的第一代传人就是田聪的奶奶宋玉秀。据考证，宋玉秀的娘家在山东省莱州府淮县宋家庄，宋家人挑筐卖货闯关东，一路来到东北，靠的就是炸麻花的手艺，靠卖麻花养活了一家老小。一家人在双城西门定居后，仍然靠炸麻花维持生计。最初，他们只是走乡串村，挑挑叫卖，因为炸制的麻花口味独特，货真价实，口碑越来越好，生意越做越兴隆，逐渐积累了一些财富。宋玉秀嫁入田家后，也把家传的炸麻花手艺带了过来。1921年，田氏先人在西门里盖起了一栋七间带门市房的四合院青砖大瓦房，办起了前店后厂。就这样，“福泉永馃蜡铺”正式开张对外营业，结束了挑担摆摊儿的历史。随着收益的不断增加，转过年田家又在“福泉永馃蜡铺”两翼盖起了两套相似的四合院大瓦房，全用来经营麻花，即“福泉德”和“福泉盛”馃蜡铺。从此，田家的三个儿子每人一个店铺分开经营。当年在西门里田家的生意可谓首屈一指，20多间店铺排出100多米长，形成古堡一道耀眼的风景线。

“福泉永”“福泉德”“福泉盛”三个铺子的麻花颇负盛名，包装也精美考究上档次，红木扁匣为美味的麻花又增添了一丝高贵的色彩。当地官员、富绅经常将其作为酬谢贵宾、探亲访友的最佳礼品。尤其是每年春节前后，门前大车小辆，络绎不绝，南来北往的客商都来拉果匣子，上麻花。他们家的麻花不仅誉满双城堡城乡，还远销到吉林、辽宁等地。

夫妻俩回忆起当年的盛况，满脸自豪和骄傲，兴奋异常地说：“我们生在福窝儿了，大半辈子都沉浸在香、甜、酥、脆里，十几岁时就跟着父亲母亲做麻花，卖麻花，这些年卖的麻花已不可计数。那年代，凡是外地人来双城，只有带走几箱我家的麻花回去，才能说真的到过双城堡。不过话又说回来，以前炸麻花可真苦啊！早晨四点就要起床，搓麻花、油炸、拌料、晾晒、装箱，然后一根扁担挑出去卖，走村串巷，风雨兼程。可以说，田氏大麻花的名声是走出来的，卖出来的。我们福泉永馃蜡铺有自己的生意经。大伙喜欢吃我们的麻花，是我们的福气。我们更要对得起这份福气，要保质保量，面、油、佐料，样样都无可挑剔，让顾客吃得满意、安全、放心。我们家的麻花，顾客一看就知道是正宗的老式大麻花，咬一口，细品慢嚼，过足了嘴瘾的同时，更能引起人们对往事的回味。”

唠到炸麻花的绝技，两口子一替一口地告诉我：麻花的传统特色是又酥又软。发老面是重要一环，这需要天长日久的功夫，老面经一夜的发酵，已有淡淡的酸味，施上碱后，加入一定比例的干面和温水，再打入鸡蛋和白糖等配料，增加嚼头和甜度，这样麻花的厚重本性也就形成了。下一步是切剂子，走锤拣胎，指掌之间搓揉出麻花劲儿。白色的麻花坯子一排排摆放在木质案板上，要晾足十分钟。多年辛劳自成师，整个流程靠感觉和心智拿捏。麻花制作还有几个关键步骤，那就是掌握好火候、油温和炸制时间。经过 160 多摄氏度油温的考验，麻花坯子已变得色泽金黄，酥软适中的麻花就出锅了。

如今，“福泉永馃蜡铺”已经不复存在了，庆幸的是有田聪和杨辉两个有心人，不忘把祖辈的精神和绝技传承下来，并且发扬光大。现在田氏大麻花已享誉全东北，产品分为香酥麻花、夹馅麻花、糖酥麻花、脆酥麻花等七八个品种，每个品种都有自己的味道和口感。

时光匆匆，带走了一代又一代人，却留下了百年传承的老味道，香飘古堡，这是历史留给我们这座小城的珍贵礼物。

# 豆腐匠

听说老家出了一个孝心豆腐匠，我忙三火四地赶回去拜访。原来，这位远近闻名的豆腐匠是我本家侄子，叫王兆勤，今年 50 岁。他父亲和我一辈，叫王悦山，比我大一岁，还是我小学的同学。唠起“孝心豆腐坊”的来历，哥哥一脸的骄傲和自豪，他如数家珍般娓娓道来。兆勤初中毕业后，就在村里种地，十七八岁时，拜蔡家沟他表舅单兴良为师学做豆腐。师

豆腐匠在过包

傅收徒的第一件事儿，就是给孩子讲豆腐的起源。

相传在春秋战国时期，燕国有个青年农民叫乐毅，他朴实勤劳，善良孝顺，是当地有名的孝子。他在房前屋后种满青菜、萝卜、豆茄瓜蒜等蔬菜。他种的青豆、黄豆年年丰收，粒粒饱满。父母年迈，牙齿脱落，咬嚼不便。他看在眼里记在心头，便泡些黄豆，每天清晨给两位老人磨成稠浆，用麻布把豆渣子滤去，又把剩下的浆子放到锅里煮沸。然后，他想在锅里放点盐，可是盐罐儿里的盐没有了，而罐子四周还有些盐卤，他便用水涮涮倒进豆浆锅中。于是，豆浆凝结成了白生生、嫩嘟嘟的卤块。父母尝了非常高兴，都说这是从来没吃过的鲜嫩美味儿，清爽可口的饭食。一传十，十传百，村里人听说后都来看新鲜，争相品尝，赞不绝口。一位知书识字的老学究给这种卤块儿起了个“豆府之玉”的美名。为了把“豆府之玉”做得更好，乐毅还进行了多次试验。有一次他母亲得了牙床溢血病，唇焦舌烂，请老中医诊治，开的药方中头味药就是石膏。乐毅问起石膏的作用，老大夫说，石膏性凉，人吃了能去火，和卤水起同样作用，也是最好的凝固剂。于是，他买药的同时，顺便多买了些石膏。母亲的病药到病除，儿子又兴高采烈地做起“豆府之玉”来。他试着将石膏研磨成细粉放在碗底，用热豆浆一冲，一会儿工夫，就变成了一碗“豆府之玉”，一尝感到比浇卤水的还好吃，又嫩又鲜。从此，乐毅就开了一个店，专门做“豆府之玉”卖。因为他手艺好，精益求精，价廉味美，生意兴隆，顾客盈门。“豆府之玉”在传说中被误传为“豆府之肉”，记账人又丢掉了“之”字，还把“府”字和“肉”字写在一起，于是，便有了“豆腐”这个名字。

为了让天下的老人都吃上豆腐，乐毅在父母过世后就到各地去传授做豆腐的手艺。12年之后，很多人都学会了做豆腐。忌食荤食的佛家、道家，更是把豆腐当作必不可少的美食佳肴。

单师傅叮嘱兆勤，豆腐是因孝心而得名，希望你能像乐毅一样，做一个孝心豆腐匠。在保证豆腐质量，让顾客满意的前提下，不仅对自己的父母长辈尽孝道，还要对乡亲邻里的老年人做到孝顺尊敬。王兆勤牢记师傅的教诲，几十年如一日，一步一个脚印地努力去做，丝毫不走样。头些年家里生活贫困，全靠卖豆腐添补家用。23岁那年，单师傅又把姑娘许配给兆勤。儿媳妇聪明贤惠，全力支持兆勤做豆腐。后来，他爷爷得了脑血栓病，严重时炕上拉炕上尿，都是他们小两口儿煎汤熬药，擦屎倒尿，饭一碗水一碗地伺候，不管怎么忙，都无怨气。在外边，对来买豆腐的人，不分男女老少，都是笑脸相迎，答对乐呵的。兆勤视村里的老年人为自己的亲人，有求必应，只要听说谁家老人想喝豆浆、吃豆腐脑或是吃豆腐，不管有钱没钱，都做好送到老人面前，感动得老头老太太眼泪汪汪，直夸兆勤是个好孩子、大孝子。

兆勤做豆腐从不掺假，货真价实。有一次，兆勤起早给外屯送豆腐，他媳妇在家，煮浆时，火烧大了，豆腐稍稍有点煳巴味儿。他回来后，和媳妇吵了一架，并且挨家去赔礼道歉，索回豆腐，又重新做一板豆腐给各家送去。就这样一传十，十传百，孝心豆腐匠的名声传遍了兰棱河两岸，十里八村的人都来买孝心豆腐，随之，“孝心豆腐坊”的生意也越来越火。

如今，夫妻俩已经把“孝心豆腐坊”的品牌进行注册，还打算扩大再生产，要把“孝心豆腐坊”开到蔡家沟镇上去，建一个大型的豆腐坊。亲戚朋友得知消息后，都争先恐后地把孩子送到王兆勤身边，跟他学做人，学做孝心豆腐。

# 酸茶匠

酸茶，又名甜酸茶，是黑龙江省双城堡等满族人聚居地区最具特色的传统小吃，至今已盛行二百余年而不衰。

据双城县志记载：春夏秋三季，人们用小米加黄豆水磨成汁，煮沸发酵后饮之，因其味道酸甜可口，故名“甜酸茶”。

提到甜酸茶的来历，这里流传着一个故事。嘉庆年间，来双城屯垦的满族人中有一位老人，她持家有方，十分节俭。有一年夏天，家中剩了半盆已经变酸的小米饭，儿孙们要扔掉，老人舍不得，阻拦说：“过日子要节俭，糟损粮食有罪。”她让儿媳妇把剩下的小米饭放到锅里熬一熬，结果加水一熬，发生奇效。熬出来的稀饭甜酸四溢，味道诱人。这就是甜酸茶的由来。据《北盟合编》载：女真人谷物种类极多。有粟、麦、黍、稷、高粱、菽、糜……他们除了将粮米做成粥饭，亦善造酒、酿醋，发明酸茶，也是情理之中的事情。

20 世纪三四十年代，每逢夏季，双城堡许多人家都要酿

开明绅士刘普洲（刘酸茶）

制酸茶，大街小巷叫卖声不绝于耳。名气最大的要数青年商人刘普洲。刘普洲，祖籍河北乐亭，以熬制酸茶为业，人送雅号“刘酸茶”。从 13 岁起刘普洲就跟着父亲学熬酸茶、卖酸茶。每天天刚亮，他就把酸茶挑到小城西街的老爷庙市场摆摊儿，亮开嗓门高喊：“甜酸茶，消暑解渴，健脾开胃的甜酸茶!”这一声声吆喝，像磁铁一样，吸引来一帮一伙的男女老少，你一碗他一碗，人们端着蓝花瓷碗喝得津津有味。有人竟连喝三四碗。就这样，一传十，十传百，大家都来喝酸茶。由于他的酸茶味道正口感佳，货真价实，童叟无欺，生意越做越红火。“刘酸茶”的名声越来越响，就连他家住的小街也改为“刘酸茶”胡同。

甜酸茶不仅是双城本地人的至爱，也引起了朝廷的关注。据传说，有一年夏天，慈禧老佛爷在宫中吃什么解暑的东西都不满意，听大臣奏报，说双城堡有甜酸茶，既能消暑解渴，又有健脾开胃的功效，便降下懿旨，命双城堡派以做甜酸茶为生的马大脑袋进宫熬酸茶。慈禧喝后眉开眼笑，赏了马大脑袋一万两银子。从此，双城甜酸茶便成了朝廷贡品，身价倍增。

熬酸茶的主要原料有小米、黄米、黄豆，也有加入玉米、大黄米、绿豆的。具体做法是将精选的小米、黄米、黄豆等原料淘洗干净，清水泡发 16 ~ 24 小时，沥干水分，用水磨碾磨成浆汁，入大锅加水调好干稀，烧火加温至七八分熟，出锅到大号泥瓦盆中，放在炕头上盖好，再蒙上棉被发酵 8 ~ 10 小时。

发酵过程最关键，一是必须绝对清洁卫生，杂菌污染就变味了；二是发酵温度要保持 30 ~ 36.5 摄氏度，尽量恒温。此期间不可搅动，只能凭嗅觉掌握，酸甜适度好了，再回到大锅里加温至开锅（沸腾）就熟了，这个过程叫熬酸茶。

“刘酸茶”不仅生意做得风生水起，修德做人也不含糊。1932 年 1 月，东北军 662 团团长赵毅（后升为旅长）率领全团官兵在双城堡火车站顽强阻击进犯日寇，给侵略者以重创。刘普洲慷慨拿出多年卖酸茶的积蓄，同双城县商会会长车玉堂组织各家饭馆、杂货铺连夜赶制白面大饼和酸茶送往火车站慰劳英雄的官兵。

1947 年，东北人民自治军（四野部队前身）进入双城后，刘普洲主动邀请王良团把团部安排在自己家，并把家里正房和店铺中条件好的房子百十来间腾出来供部队居住，而自己家人都住进了条件较差的下屋。当时在政权还不稳定的形势下，刘普洲的坚定态度和对共产党的信任，在很大程度上反映了当时的民心。

刘普洲不同于其他商人，他发财不忘穷人，常常资助慈善事业，故受到双城百姓的拥戴和称赞，跻身于双城知名绅士行列。1945 年双城光复后，他被推选为双城县维持会委员。双城解放后，因为他做了一些有益于人民和革命的事情，被民主政府认定为开明商绅。新中国成立后，刘普洲曾担任过双城县工商联合会的会长，双城县第三、第四届政协委员。1981 年刘普洲病逝，享年 89 岁。

如今“刘酸茶”虽然离开我们已经 40 余个春秋了，可是他的工匠精神犹在，风范犹存。古香古色的双城堡火车站，记录着他爱国拥军的功绩，双城堡小城还在流传着“刘酸茶”的佳话。

# 爆米花匠

爆米花匠，即用苞米、大米等原料做爆米花的民间手艺人。

据资料记载，爆米花的历史可以追溯到一千多年前的宋朝。宋朝文人范成大在《吴郡志·风俗》中记载：“上元……爆糯谷于釜中，名孛娄，亦曰米花。每人自爆，以卜一年之休咎。”在新春来临之际，宋人在较为封闭但没有完全密封的器皿（釜）里爆米花，并用爆米花来卜知一年的吉凶，姑娘们则以此卜知自己的终身大事。把饮食和吉凶祸福联系起来真是值得称奇。后来发明了爆米花锅，做爆米花更为简单，也就更迅速地传播开来。

我的二姐夫历有发在参加革命工作前就曾在宾县农村爆过爆米花。20 世纪 90 年代初，退休后的姐夫趁身体硬朗又重操旧业，捡起了老行当。他买了一套生产工具，有叉嘴的小煤炉，手摇的鼓风机，两头相同的铁丝笼子，厚实的胶垫以及管、棍、钳子等，其中最引人注目的是那个丫丫葫芦似的炒爆米花神器，老百姓都叫它铁葫芦，再加上一辆脚蹬三轮车，姐夫便开始了走街串巷卖爆米花的营生。

俗话说："半年不看眼生，一年不摸手生。"毕竟几十年不鼓捣这玩意儿了，起初因业务生疏，掌握不准火候，经常出错，不是火轻了，就是爆出的米花少，哑巴豆子多，再就是起锅晚了，米花糊了，只好包赔顾客损失。随着时间的推移，姐夫在实践中不断总结经验教训，不仅恢复了功力，而且成为技术熟练的行家里手，爆的米花一点也不亚于老师傅。

一年四季，风里来雨里去，早出晚归，哪里有人要爆米花，他就在哪里安营扎寨，架起鼓风机，生起小火炉，开始工作。爆爆米花的铁葫芦有十四五厘米粗，一次能装四斤苞米粒儿。铁葫芦儿一端有开口，口上有一个活动可分离的铁盖子。盖儿的那头经过专门设计，装进苞米粒后，把盖紧压在罐口上，又可迅速打开。最后炒好的苞米粒从里面冲出来时，罐口便一下子爆开。另一头则是摇把儿，在摇把儿的起端处安一个气压表，检测气压是否达标，一般达到 12 个大气压就可以起锅了。

生好的炉子，在鼓风机的作用下，火苗呼呼往外蹿。只见二姐夫根据火势强弱加煤，传火，摇动鼓风机，另一只手不停地转动已经装进苞米粒儿的铁葫芦，避免苞米粒儿粘锅炒糊巴。

爆爆米花现场总能吸引一群人。有拿着苞米、大米来加工的，有围观看新奇的，还有专门来捡爆米花吃找乐的孩子。

爆米花的每次出世，都是一次惊天动地的爆破。只要爆米花匠一停火，大人孩子都捂着耳朵往后撤，边躲边喊："要起锅了，要起锅了！”这时，只听“嘭”的一声巨响，冒出一股白烟，并弥漫着诱人的香气，爆米花匠像要魔术一样，把一朵朵黄瓣白蕊的爆米花从黑乎乎的铁葫芦里喷射到盛装的铁丝笼子里，爆出的爆米花从缝隙间飞出老远。小朋友们蜂拥而上，捡拾洒落在地上的爆米花吃。前来爆米花的人给每个孩子抓一把后便拎着米花满意而去，那情景，十分热闹，令人开心。

20 年前，爆米花是哈尔滨男女老少都青睐的一种美食。下班后的机关干部、企事业职工、放学回来的大中小学学生以及逛商店溜市场的市民，遇上爆爆米花的，都要买上几袋带回家。一家人其乐融融地吃着爆米花，享受一顿独特的盛宴。

二姐夫历有发 15 年的辛苦也换来了一家人的欢乐幸福。恢复健康的老妻感谢老公为他买药治病的救命之恩，儿女们感谢老爸为他们结婚买房付出的无私赞助。

我也是爆米花的忠实粉丝和受益者。在农村还没能摆脱温饱困境，零食匮乏的时代，爆米花无疑是我们小孩子心中的最爱。我曾经和兄弟姐妹一起吃过在奶奶泥火盆里爆的爆米花，吃过母亲为我们在大铁锅中用河沙子炒的爆米花，吃过寒暑假期三姨家用火苞米炒的爆米花，更吃过和二姐夫一样的城乡爆爆米花匠爆的爆米花。可以说，爆米花陪伴了我们的童年，满足过我们舌尖上的欲望。

我感恩一代又一代爆米花匠无悔的坚守和辛苦的付出，是他们一次又一次开启了我记忆的闸门，让我记住乡情，留住乡愁，感受快乐美好与幸福。

# 酿醋匠

酿醋匠，从事酿制醋饮品的手工艺人。

醋，是中国各大菜系中的传统调味品。据有关文献记载，酿醋历史至少已有三千年，中国古代劳动人民很早便以酒作为发酵剂来酿制食醋，称醋为“酢”“醯”“苦酒”等。

相传醋是酒圣杜康的儿子黑塔发明的。杜康发明了酒，他儿子黑塔在作坊里耳濡目染，也学会了酿酒技术。后来，黑塔觉得酿酒后的酒糟扔掉可惜，就存放起来，在缸里浸泡。不料到了第二十一日的酉时一开缸，一股从来没有闻过的香气扑鼻而来。在浓郁香味的诱惑下，黑塔尝了一口，酸甜兼备，味道很好，便将其储存起来作为调味浆。这种调味浆叫什么名字呢？黑塔把二十一日加“酉”字来命名这种调料——“醋”。

我国是世界上谷物酿造最早的国家，早在公元前 8 世纪就已有了文字记载。春秋战国时期，已有专门酿醋的作坊。到汉代时，醋开始普遍生产。南北朝时，食醋的产量和销量都已很

烤　醋

大，当时的名著《齐民要术》曾系统地总结了我国劳动人民从上古到北魏时期的制醋经验和成就。书中共收藏了20多种制醋方法，这也是我国现有史料中对粮食酿造醋的最早记载。

在长期发展过程中，山西陈醋、四川保宁醋、江苏镇江香醋、福建米醋成为享誉中外的“四大名醋”。清代，山西人王福来创办了“美和居”醋坊，打出了“山西老陈醋”的品牌，一跃成为名醋之首。

黑龙江省省级非物质文化遗产、老字号双城“喜丰收”烤醋的根脉就在山西。据双城老县志记载：18世纪中叶，山西人走西口，将烤醋酿造技术带到了双城。山西人赵兴桥从小就跟随父亲学习酿造技术，1873年在双城创立了“裕隆全”酱醋坊。双城和山西的气候温度不一样，冬天异常寒冷，不适宜采用山西陈醋的酿造工艺。为此，赵兴桥几乎用了大半生的时间和徒弟们反复摸索研究，终于摸索出一套适合东北地区的独特酿造工艺。他将发酵好的原材料用大陶缸烤制烘焙，不仅解决了不能存储的难题，还使醋发生了质的变化，形成了独特的风味。

20世纪30年代，东北沦陷，日本人开设的株式会社抢占了“裕隆全”，霸占了烤醋的制作工艺，将生产的优质烤醋销往日本国内。双城烤醋的第二代传承人邵福本和第三代传承人张子奎师徒二人，不情愿为日本人做事，含泪离开了“裕隆全”，但他们始终不忘前辈的嘱托，怀着对烤醋酿造技艺的深厚感情，将烤醋配方详细记录收藏，从而使这门技艺得以完整地传承下来。

双城堡是东北历史文化名城，素有“南有辽阳府，北有双城堡”之说。双城地处松嫩平原，这块神奇肥沃的黑土地，不仅盛产高粱、玉米等酿醋用的优质原料，而且气温、水质等自然地理条件也非常适合烤醋生产和储存。

1945年东北局将双城酿醋业生产恢复，创立双城酱油厂。1956年公私合营时把“裕隆全”“聚隆全”与双城酱油厂合并成新的双城酱油厂，主要生产酱油、醋和酱菜。1962年“喜丰收”牌烤醋和酱油的商标完成注册，2009年在双城经济开发区重新建厂。双城烤醋技术采用山西陈醋生产工艺，结合东北地区的气候条件，以优质高粱、玉米为主要原料，全熟料发酵，经过原料糊化、糖化、酒精发酵、醋酸发酵、烤焙、淋滤、灭菌、沉淀、配制、灌装等一系列复杂流程才能酿成。

在酿造的过程中，自制糖化曲，酵母经低温发酵产生独特的8～9度酒精，再接入醋酸菌进行醋酸发酵。整个发酵过程，全采用人工翻焙，严格控制温度、时间和水分，进行调温、排碳，促进醋酸发酵，成熟醋酸度达到5～6度。将成熟的醋醅装入烤缸，保证在100～120摄氏度文火焙烤48小时，使醋醅色香味进一步提高。成品口感柔和，酸甜适口，通体明亮，色泽浓郁，香气宜人，醋酯含量也显著提升。

双城烤醋的第六代传承人许冬伟今年已65岁，他师从第三代传承人李步赢、第五代传承人刘柏通，现任黑龙江“喜丰收”调味品有限公司技术厂长。他凭四十多年的实践经验，讲了酿醋与酿酒的关系：“酿醋和酿酒在前期的工序是相似的，区别主要在后期，主要有：酿酒要求无氧发酵，而酿醋则是有氧发酵；酿酒只用酒药，而酿醋除了酒药还要用醋曲；酿酒醋酸杆菌是有害菌，而酿醋的醋酸杆菌则是必需的有益菌……”

许冬伟深有体会地说：“做醋是一件辛苦活，发酵室内近40摄氏度的高温，枯燥的等待，微薄的收入，使这项工作充满艰辛。为了更好地发酵，每日凌晨需要把前日蒸熟的原料从深达1.5米的蒸锅中铲出，手工翻拌降温，锅口、室内温度均在40摄氏度以上，一边承受高温，一边挥动铁锹翻拌原料降温，以达到标准的入缸温度。”

但当酿好的醋使食客们唇齿留香，老顾客们发出由衷的赞美，或者风尘仆仆的外地人上门买醋时，一切辛劳都成了甘甜。一勺醋，可以让简单的食材酸楚动人。一份匠心，也可以让醋变成陈香美酒。

一百年来，双城烤醋一代又一代人年复一年地酿制，为一方百姓送上流动的酸甜。这份坚守和自然发酵的醋一样，弥足珍贵。

# 漏粉匠

前不久，正在我为寻找漏粉匠而苦恼时，农村的内妹夫李增来到了我家。他激动又自豪地告诉我："我就是咱老屯的大粉匠。不客气地说，当年我漏粉在附近十里八村小有名气，乡亲邻里都愿意吃我漏的粉条，质量好、口味佳、颜色正、不牙碜。"接着，他给我讲述了他与漏粉的故事。

20 世纪六七十年代，农村生产落后，加之连年的自然灾害，老百姓过着糠菜半年粮的苦日子，平时大人孩子想吃顿猪肉炖粉条子解解馋，根本办不到。

1974 年，生产队为了给社员改善生活，成立了粉坊，把队里种的土豆挑出小的漏粉，用工分兑现给各家各户，并从山东请来一位祖传三代开粉坊的大粉匠。此人姓张，是个 50 多岁的车轴汉子，四方赤红面子，长得膀大腰圆，说话虽然有点结巴，但论漏粉技术那是一流的。队长安排李增跟他学徒，目的是给村里留下一个不走的漏粉明白人。

不出所料，三年后张师傅因老家粉坊重新开张，要回山东漏粉了。临别前，张粉匠把他用了多年的一把直径为 26 厘米的铜漏瓢送给徒弟，留作纪念。

晾粉条

李增接替了大粉匠，带领原班人马，开始了他的漏粉生涯。粉坊设在屯子东头，占用了七队院里的三间西厢房。屋里紧南头是一铺大炕，挨着炕搭一个大锅台，安上一口百印大铁锅。中间有一盘直径为 1 米的石磨。靠北墙放一溜大缸，用于沉淀养浆，过滤去渣，还有几个派子缸沉淀粉坨子。

据李增介绍，漏粉的工序有七项：

**一是清洗土豆**。粉坊房后是水井，井旁放两口百印大锅，把土豆放进去由专人清洗干净，以防粉条牙碜。

**二是磨浆子**。将洗好的土豆搅碎，放到石磨上，用柴油机带动石磨拉浆子。磨盘上方吊着一个水盆儿，水盆儿底部钻有一个小眼儿，是漏水用的，眼儿里插一个秫秸稍儿，民间老百姓管它叫“筹”。“筹”上面连着一根粗一点的秫秸做梁，担在水盆儿上。漏粉匠利用插进眼儿里的秫秸捎儿斜度的大小来调节水流的大小。同时，在磨盘的底部用一个水筲接土豆浆子。

**三是过包**。将土豆磨成浆子后进行过包，去渣子，然后放在缸里养浆，最少要七八个小时。

**四是上兜过滤**。滤去水分，制成干粉坨子。

**五是打熟芡**。这是一个技术活，也是漏粉的关键一环。它决定着粉条的好坏与成败。白矾放多放少全凭粉匠掌握，放多了粉条发硬，不绵软，放少了粉条容易折。按照适合的配比把使用的白矾研磨成粉，放入空水缸中，浇沸水化开，再把称好的淀粉倒入缸中，用竹竿奋力搅拌均匀，使淀粉糊呈拉丝胶状，然后再加生淀粉，通过不断揉搓，让烫熟的淀粉和生淀粉完全融合。揉粉团是个力气活儿，用人工揉搓，目的是使粉团成形，有韧性。

**六是漏粉**。淀粉和好以后，先行测试，由二粉匠用双手挖出一团淀粉，放在漏瓢中。大粉匠左手掌瓢，瓢柄用布条捆扎固定在手腕。淀粉通过瓢底的漏眼自然流出，以入缸时粉条粗细均匀，没有疙瘩，连续不断为标准，达到这个标准就可以下锅了。

传统的手工漏粉条，一套流程下来，需要七八个年轻力壮、手脚勤快且肯于吃苦的人通力合作。大锅的水要始终翻花开着，李大粉匠在锅一侧漏粉，另一侧由捞粉师傅及时为大粉匠填料，捎带把握火候，用一根细长杆子搅动锅底，避免粉条沉淀粘锅。待粉条煮熟浮上来便捞出，放到事先准备好的凉水盆里冷却，洗涮，以防粉条粘连。

**七是晾晒、捆粉**。从冷水里捞上来的粉条，由细心的妇女们一缕一缕倒到院里的铁丝杆子上晾晒，待晒到半湿不干的时候，捆成小把儿，一部分分到社员家，一部分拉到县城去卖。

俗话说："秋漏粉，冬抻糖。"粉坊漏粉通常是每年深秋季节营业。为了使粉条上干快，成色好，粉坊都是晚上干活。头天晚上漏出来的粉条第二天晒一天，等腾出地方再晾新粉条。

漏粉是一个累人的苦差事。人称"李大拍"的粉匠李增那时候仗着自己刚四十出头，有个好体格，一拍就是一宿十几个小时，而且是一天接一天。如此连续两个月时间，吃不香睡不好，什么好身板儿也熬完了，有时累得腰酸背痛，手上也全是口子。可是，当看到满院子一竿竿白花花像瀑布一样抖动在秋风中的劳动果实，想象着父老乡亲们一家家如愿以偿，大人孩子团团围坐吃着猪肉炖粉条的满足与幸福，李增心里像抹了蜜一般的惬意，什么苦呀累呀都烟消云散了。

转眼间，在生产队粉坊漏粉条的日子已经过去 30 多年了，可是，那美好的记忆仍保存在李增的脑海里。他把当年师傅送给他的那把铜漏瓢一直珍藏在家里，当作传家之宝，时不时就拿出来，给全家人讲讲铜漏瓢的故事。他打算把这件"宝贝"送给村里的匠人馆，让更多的人受到教育和启发，同时也把匠人精神一代一代传下去。

# 田家少闲月

# 种瓜匠

三年前的瓜秋时节，有一天清晨，我到瓜市去为外地朋友买瓜，离老远就闻到一股清新浓郁的瓜香，耳边不时传来瓜贩子们高一声低一声的叫喊声："香瓜，香瓜，王子和香瓜，又甜又脆又起沙。"我顺着声音走过去，见一个个瓜摊儿上摆着一水水浅绿色皮带深绿色道儿的"八里香"瓜。卖瓜人随手递过半个香瓜，让我品尝，我吃一口品品，确实与众不同，口感极佳，甜味自然，让我找回了小时候吃瓜的感觉。打听明白路线，我们便立即驱车直奔小白家窝棚去看究竟。一会儿工夫来到了夹在两片玉米地中间的一片瓜园，看样子足有两垧地。青枝绿叶下半掩半露着各式各样的香瓜，有"八里香""绿宝"，还有新培育叫不出名字的香瓜，在灿烂阳光照射下，绿意盈盈，活像一块偌大的绿翡翠上缀满大大小小的珍珠。满园飘香，蜂飞蝶舞。被卖瓜的人称为"瓜王"的王子和听说我们来了，很快从家里赶到瓜窝棚。他 50 岁左右的年纪，面色黝黑，两眼炯炯有神，长得人高马大，说话瓮声瓮气。瓜王一边让我们吃瓜，一边给我们讲述种瓜育种的艰辛历程：

“我是农民的儿子，从小吃着父辈种的粮食和瓜菜长大。记得那时候，双城就有香瓜故乡的美称。双城香瓜以品种多，品相佳，口头好，又甜又脆又起沙而誉满四方。高中毕业后，我从父亲肩上接过种地的担子，学种香瓜。父亲嘱咐我，种地也要讲诚信，不能坑人、害人。可是，近年来，有些庄稼人为了单纯追求个人利益最大化，不顾吃粮吃瓜菜人的感受，坏了良心，种出的粮食不让自己孩子吃，种出的蔬菜不让亲朋好友吃，种瓜猛施化肥，打甜蜜素农药，产出来的瓜，甜得让人迷糊闹心，吃着不是正经滋味儿。买到家的瓜根本放不住，三天两天就臭膛了，严重损坏了香瓜故乡的形象。我要通过自己的努力，为双城香瓜恢复名誉，重塑瓜乡的品牌，种出东北第一瓜，占领消费市场，卖上好价钱，让父老乡亲们和广大消费者

种瓜匠王子和接受采访

吃上放心的香瓜。

“从 1987 年起我开始租地种香瓜，亲眼见到了种瓜人的难处，不仅要东西南北去倒腾瓜种，而且经常上当受骗。大老远花高价买回来的瓜种，种到地里出苗率不高，或者买的是优良品种，结瓜时却是劣等质量。辛辛苦苦一年卖不回本钱，甚至赔多少钱。因此，我从培育改良种子入手，帮助瓜农解决买种难、买真种更难的问题。对于种瓜我的要求是严格的，一道工序也不能马虎，一年一换地块，按绿色标准施肥，不打农药，且加强田间管理，及时对花、掐蔓、打杈，确保瓜的纯绿色品质。每年 9 月到 12 月末，我和妻子都到海南去租地育种。这些年，为育种吃苦遭罪是家常便饭，花高薪聘人工，花高价租地、租房子，每年都得花费几万元。8 年时间，累计投资四五十万元。值得欣慰的是，我们夫妻的诚心感动了天地，培育成功了五六个新品种，已经投入社会，种子卖到长春、沈阳、河北等地，另有几个品种正在培育中。风风雨雨这么多年，有成功的喜悦欣慰，也有失意的苦泪辛酸。好的年景一年能挣几十万元，次的年头，市场疲软，香瓜干脆卖不出去。眼瞧着自己用心血汗水换来的果实，一堆一堆地烂到地里。有时，连本钱都弄不回来，甚至赔个一塌糊涂。那滋味就别提了，只能打掉牙往肚子里咽。妻子看我又愁又哭的样子，心疼得良言相劝：‘子和，咱别种瓜啦，干点别的不也一样挣钱养家糊口吗？’我听了点点头。但是，愁过，哭过，仍不改初衷，该育种育种，该种瓜种瓜，没钱就求亲靠友借钱，或通过高利贷借钱。我觉得我的梦想还没有完全实现，我不能半途而废，只能迎难而上，不达目的绝不罢休。”

5 月 6 日，我再一次邀请王子和抽时间到老科协来一趟，他放下了家里忙着栽瓜苗扣拱棚的活计，如约来会面。我们唠得很投机。我看他气色和精神状态非常好，猜他一定有喜事好事。他告诉我去年的收成还不错，基本做到了种得好卖得好，为儿子娶了媳妇，买了 80 平方米高层楼房。谈到今年的生产安排，他说："儿子和儿媳妇也参与到了我的种瓜育种工程，为我家的团队增加新生力量。唯一感到遗憾的是，我培育的瓜种年年还得承包给经销商去卖，自己目前还不具备卖种子的条件，期望有一天，能得到有关方面的政策扶持，助我一臂之力，那就更理想啦！"最后他满怀信心地表示，"大哥，我今年又种了 20 亩香瓜，现在正紧张地往地里栽苗。"他约我瓜下来时带朋友去瓜园吃瓜，我期待着瓜秋到来，也祝愿"瓜王"王子和为双城香瓜正名，种出东北三省一流好瓜的梦想早变现实。

# 木　匠

1966年，于士力出生在黑龙江省双城市五家镇双井村，除了种地，他还有一身木匠手艺。1989年他只身前往哈尔滨打工，成了工地上的小木匠。不久，他随着施工队赴苏联劳务输出。三年后，他回到双井村招了几个同乡，用省吃俭用攒下的几万元钱组建了一个装修队，在哈尔滨承揽各种装修活计。

于士力干活实在，不藏心眼，他的队伍施工质量好、收费低，没过多久，就被一家大型建筑装饰公司看中收入麾下。白天，于士力和工人们一样干活；晚上，于士力上夜大学习专业。经过一千个夜晚的刻苦学习，他拿到了文凭，这时，施工队伍也壮大到几百人。

2000年，于士力把干装修工程赚到的钱全部拿出，成立了自己的建筑公司，开始从开发商手中承揽商品房建设工程。用于士力的话说，这是他事业“提档升级”的重要拐点。在新的领域里，于士力依然用他勤勉认真的工作态度来对待每项工程，很快在业界获得了良好口碑。之后他在建筑行业越走路越宽，工程一个接一个，财富也随着业务量增多呈几何式上升。

这个时期是哈尔滨建筑行业与城市建设迅速发展的阶段，市场对各种新型建筑材料的需求非常旺盛。于士力通过引进，掌握了多种新型建筑材料的生产加工技术，投入巨额资金成立了新型建筑材料厂。他生产的许多建筑材料，如新型步道板、新型空心砖和新型建筑保温隔热材料，被广泛用于很多市政建设和建筑工程。他的建筑公司全部使用自己工厂生产的建筑材料，进一步扩大了利润、降低了经营风险。

事业如日中天的于士力并没忘记家乡和乡亲，他把工厂迁到五家镇双井村，并出资修建了双井村通往双城的道路。从此结束了双井村仅靠农业这个单一产业的历史，大部分村民在农闲时不用出村就有了工作。

农民出身的于士力，对土地一直有着深厚感情。

双城是哈尔滨主要的蔬菜供应地。于士力从小就看着蔬菜从种植到成熟采摘，再由蔬菜贩子一车车把菜拉走，或是农民开着农用车把菜拉到哈尔滨去卖。蔬菜种植一年一季，于士力觉得这极大地浪费了土地资源，而且都集中赶在秋季上市，无法实现农民利益的最大化。

于士力苦思冥想，要让蔬菜种植变成真正的赚钱行业。他开始做一些“违背常理”的事情。他确定了两个思路，一是不种普通菜，二是在别人种不了菜的时候种菜。在城市的多年打拼，让于士力长了不少见识，他知道现在绿色蔬菜非常受宠。于是，他开始承包土地建设大棚，引进优良蔬菜品种，雇用在棚室菜种植上有经验的技术人员。他还在“反季节”上下功夫，也就是说，在菜最少、最贵的时候把菜种出来推向市场，从而获得更大利润。

于士力投入巨资，将1000栋大棚中的300栋改成了温室，这样即使在寒冬，他的农庄也能向市场提供稳定的绿色蔬菜。除了种植绿色蔬菜，他还在温室大棚里种植各类瓜果，这些绿色瓜果不但受到冰城市民青睐，还把远在上海的客户吸引来，他也成了上海几家高端超市最北端的瓜果供应商。

双城区五家镇的农庄一年四季种植绿色蔬菜水果的消息，让很多哈尔滨市民专程驱车到庄园购买绿色蔬菜。在这一拨拨的来客中，于士力又发现了新商机。农庄离哈尔滨市区很近，只有不到一小时的车程，而私家车的普及又让“近郊游”流行起来，在“近郊游”中又以农庄采摘最受欢迎。他马上行动起来，开发近郊采摘旅游。

新项目吸引了众多哈尔滨市民前来游玩，于士力感到必须强化文化元素，增加农庄内的服务设施，让游客在这里不但有丰富的采摘活动，还能有看点，在这里吃好、玩好。他想到了利用空地建一些房子作为休息区和餐饮区，但修建什么样的房子才能够体现绿色农庄的特色呢？于士力找到一些朋友出主意，有个朋友提醒他，真正有特色的东西就是“正在消失”的东西。

于士力开始寻找，他发现当时农村的老式泥草房基本已消失殆尽，农民们都住进了清一色的彩钢板屋顶的红砖房。于士力决定，建设一批古老风格的泥草房。他这种“逆天”的做法引起很多人反对，认为这样会损害农庄形象。但于士力坚持，有特色的东西才更能体现出农村的特点，才能让人们牢牢记住。由于泥草房已消失多年，如今只有很少人掌握修建泥草房的手艺了。于士力到处搜寻能工巧匠，终于找到两个修建过泥草房的老人。他聘请这两位老人做技术指导，把自己的施工队叫来施工。尽管如此，泥草房的苫草等活计还需要这两位老人亲自施工。

在于士力的苛刻要求下，一座座原汁原味的满族风情泥草房建成了。在房子周围有一些辘轳水井、石碾子等老物件，一眼看去，仿佛回到了百年前的东北农村。除了泥草房，他还着手建一些清末风格的青砖大瓦房。当时正处于双城市的旧城改造时期，很多老建筑将被拆除。得到消息的于士力带人来到拆除现场，把被拆掉的青砖青瓦等“垃圾”当宝贝一样地搬回农庄，并用这些材料重现老风格的青砖大瓦房。有了这样浓郁的民俗风格，于士力打出了“满族风情游”的牌子，他的农庄成了哈尔滨周边“近郊游”的热门景点。

随着游客数量的猛增，于士力在 2007 年与村民们成立了金满农家旅游专业合作社。这是东北首家、全国第二家旅游农业合作社。

合作社的成立，进一步提高了农庄的知名度，游客也随之增多，先前的那些泥草房已经无法满足游客的需要了，必须增加一些服务设施。农庄边缘有一条小河，是当年金国大将金兀术的运粮河。当时需要在这条小河上建一座桥，但建设什么风格的桥让于士力没了主意。一次，他在哈尔滨的街道上散步，突然间找到了灵感。哈尔滨最有特色的桥应该是建于 1926 年的霁虹桥，于士力决定在这条小河上“复制”霁虹桥。没过多久，一座与原建筑很相像的“霁虹桥”在金兀术运粮河上出现了：粗壮的栏杆、火车轮式的飞轮、飞轮上的翅膀，都与原建筑十分相像。自从这座桥建成之后，于士力复制哈尔滨老建筑的举动便一发不可收，他像着了魔一样搜集各种哈尔滨老建筑的资料，考虑应该复制哪些最能代表哈尔滨风格的老建筑。

通过搜集资料，建于 1903 年的老哈尔滨火车站进入了他的视野。这座老火车站因为 1909 年朝鲜义士安重根在此刺杀日本首相伊藤博文而闻名世界。由于岁月变迁，这座老火车站已被拆除，留下的只有模糊的图片资料，想要复制重建几乎不可能。于士力到处搜集这座老火车站的图纸，听说最原始的图纸在俄罗斯莫斯科市的建筑博物馆内，他马上飞赴莫斯科，在建筑博物馆内取得了该图纸的复印件。拿到图纸，他马上组织施工，不久后，在农庄内出现了按原哈尔滨老火车站样式 1∶1 建造的复制品。除了老火车站，他还找人制作了当年赵一曼烈士领导电车工人罢工的老摩电（有轨电车），还有当年中东铁路宿舍等一大批老式建筑，全部是 1∶1 的全尺寸复制品。

哈尔滨老车站复原图

于士力“复制”老建筑出了名，一次一位哈尔滨籍的导演无意中发现了这座农庄，认为这是一块取景宝地，当即决定把剧组的外景地设在这里。于是，于士力的农庄在演艺界声名大噪，很多剧组慕名而来，先后有《大掌柜》《晒幸福》《笑脸》《浴火危城》《哈尔滨往事》等多部影视剧组将这座农庄设为外景地。

于士力的梦想并未止步，他想把这个“文化农庄梦”做得更大，建成一个真正的影视基地。他向笔者透露了今后的计划：复原一列 20 世纪初的火车，既有当年的火车头，也有 20 世纪初装潢风格的火车车厢，车厢里面装修成集餐饮、住宿、娱乐、酒吧于一体的综合休闲娱乐中心。

# 铁　匠

古话说：天下三样苦，打铁、撑船、磨豆腐。打铁，是人类进入铁器时代就开始存在的一种锻造工艺。农耕社会的生产工具和人们的日常生活用品，每一样都离不开铁匠铺，如生产需要的犁铧、锄头、镰刀、镐头、叉子、铁锨、斧头等，生活所需的铲、钩、菜刀、钉等。随着现代农业耕作的机械化，铁匠铺的用武之地越来越少，又因打铁劳动强度大，过于辛苦，

铁匠正在打铁

年轻人不愿学，传统打铁匠人已寥寥无几。

据乡亲们回忆，在我们老家，哈尔滨市双城区金城乡临河村，先后有过两个铁匠。一个是20世纪60年代初期从山东过来的，他姓张，人们都叫他张铁匠，40多岁年纪，赤红面子，中等身材，长得敦敦实实像口派子缸。此人祖辈就是打铁的，在关里曾经开过铁匠铺。由于那里连年遭灾，不是干旱，就是水淹，日子实在过不下去，张铁匠就逃荒来到我们村。村干部很快帮他腾出两间仓房吃住存身，他在生产队院中一角支起一个小烘炉，开始打铁维持生计。从此，小村四季奏响了“叮咣叮咣”有节奏的美妙音乐。忙时，他为生产队打农具，给马匹挂马掌；闲时，便为老百姓打制需要的生活用品，谁家有个破损的农具或生活用品，他都帮忙修理，有求必应。70年代末期，听说山东人生活好过了，他又重返故里去开铁匠铺了。

第二个铁匠唐凤亭，是我家的邻居，我家住村中大西院，他家在二西院，他长我6岁，在家族兄弟中行二，我们叫他二哥。二哥从小就想学一门手艺，恰逢巧遇张铁匠，刚满18岁的唐凤亭天天候在铁匠炉旁，要拜师学打铁。张铁匠见小伙子机灵，一身腱子肉，是个打铁的好料，就收他为徒。

80年代初，师傅临走时，将祖传的长把铁钳子赠给徒弟唐凤亭，并且向他讲述了这把钳子的故事。1931年，日本人进入山东，烧杀抢掠，残害百姓。张铁匠的太爷为支持八路军打日本，曾偷偷为其打过大刀，造过土枪炮。后来由于汉奸告密，一个小队的日本兵荷枪实弹，包围了铁匠铺，欲抓他老人家，以“通共匪”罪名将其当众枪决。太爷面对这场面，急中生智，拉响了八路军送给他防身的两颗手榴弹，轰响声中，铁匠炉被毁，日本兵全部被炸死，太爷也壮烈牺牲。事后家人在现场只找到这把铁钳子。“这是太爷留给张家的宝贵遗产，从爷爷传给父亲，又传给我，希望你记住老人家的英勇事迹，当好铁匠，把手艺学精，好好为父老乡亲服务。”唐凤亭牢记师傅的嘱咐，接手了铁匠炉。生产队长又给他安排两个小青年做下手。

谈到从事打铁行业的感受，二哥认为打铁技术依靠悟性，产品不同，技艺也无定法，正如俗话说的“打铁无样，边打边修”。但总体来说，整个流程也无非选料、烧料、锻打、定型、抛钢、淬火、回火、泽油等工序，其中最重要的程序就是锻打。

或许是农村文化生活贫乏之故，小时候，我见啥都好奇，觉得打铁挺好看好玩的，经常放学之后就去铁匠炉看热闹。打铁的过程和二哥打铁的形象也印在脑海里。只见二哥将挑好的铁料喂入炉灶里，吹风机吹起的熊熊炉火顿时将铁料包起来。他依托多年的经验，通过观察铁料颜色的变化，不停翻动夹着铁料的长铁钳，让铁料充分受热，火候一到，麻利地将其夹到砧子上，徒弟迅速抡起大锤锻打铁坯，师傅左手握铁钳翻铁坯，右手挥动小锤。他的小锤打到哪里，徒弟的大锤跟到哪里，两人配合十分默契。随着有节奏的“叮咣叮咣”的声响和四溅的火花，不到几个回合，他俩已是满头大汗。一般的铁器不加钢，但加钢之后的工具会更耐用更锋利。另外，加钢后锻打才会出现火星四溅的壮观场面。

据二哥说，加钢有两种方法，一是明钢，一是暗钢。所谓明钢，是在刀具的关键部位比如刀刃上，用钢全部包裹住铁料；所谓暗钢，是在刀刃上将钢与铁混合锻打在一起。唐铁匠深有体会地说：加钢后锻打是最辛苦的，每落一锤，火星四溅，就会直击到脸上或手上，常常被烧伤，身上没有一件好衣服，都是些小窟窿，干时间长了，也就习以为常了。锻打完毕后，只见他夹起锻打出的毛坯放进水里淬火。淬火是打铁工艺中最精华的部分。淬火常用的冷却介质有盐水、清水和油三种，而最常见的是凉水。将锻好的铁件放入水内，只听“哧啦”一声，热气腾起，即可将其取出。经验丰富的老铁匠在普通水里淬水之后，加温再度入盐水里淬火，以增加光泽度。打造的铁器好坏，火候掌握和淬火是关键。

还有一道工序是泽油，主要用于刀具等经常与水接触的铁器。二哥介绍，泽油是在铁器回火后趁高温尚存，迅速夹块猪油或者植物油，在铁器上反复摩擦，利用铁器的高温，使油脂渗出并涂抹在铁器上，提高铁器的光泽并能使其长时间不生锈。

墙上悬挂着打好的部分成品，如锄头、镰刀、菜刀、锅铲子、铁锹头等。唐二哥说，他打的铁器有十几种，大到铡刀，小到厨房用的小铲子等。为保证铁器的质量，只是打一把锄头，就要和徒弟进行不低于一千次的锤打。在一些农具的关键刃口处，他还要加入精钢，最大限度地保证结实耐用不变形。不减其功，不少其料，这是他多年坚持的信条。20 世纪 80 年代，唐铁匠的为人和他打出的铁器在本村和兰棱河两岸的民众中是有口皆碑的。

# 编席匠

编席匠，通俗地说就是专业从事用高粱或芦苇秸秆儿编织席子的工匠。在我国，编席匠有很久的历史，可追溯到西汉时期。在 20 世纪 70 年代末期之前，编席子有很广阔的市场。各式各样的席子从编席匠的手中编出来，不同的席子有不同的用处，如家庭睡觉铺的炕席，结婚用的“喜席”，老人过寿用的

编席匠正在编席

“寿席”，生产队、粮库、油米厂晾晒粮食的晾晒席等。目前，随着工业化的发展，编席匠的身影已经很难见到了。过去与人们息息相关的手工席子正在被机器编织的席子所替代，编席这种传统手工艺逐渐消失在人们的视线中。

过去，我所熟悉的编席匠都是亦农亦艺的父老乡亲。他们农忙时种地，农闲时编席。记得20世纪六七十年代，用高粱秆儿加工席子是农村生产队冬季的主要活计，也是一项经济来源。每年秋收之后，生产队按着学大寨的要求，变冬闲为冬忙，组织男男女女到生产队部的大筒子屋里编席搞副业。炕上地下十几号人，一边编席一边说笑唠嗑，讲东家长西家短，三只蛤蟆七只眼。有时，特请一个本队会说书讲古的人，给大伙讲书听，编席的人情愿把说书人的活计干出来，那场面真壮观呵，俨然一幅冬季编织图。我们小孩子经常去凑热闹，为听书有时也跟着熬到半夜。

编席子看似简单，但操作起来所经过的工序都不少于30道。如编一领尺寸为一米六乘两米七长方的喜席，从“开秆子”到“成品席”，需要五天时间才能完成，还得起早贪黑不停地忙活，可见制作工艺的复杂。若按工艺流程的先后顺序来分，可将这些复杂的工序分为秫秸秆儿处理和篾子整理以及席子编织三个阶段。

首先，将连根带叶的秸秆散开，然后趁湿一根一根放到“刮篾子板”上，用“垛秫秸刀”快速将根剁去，这叫“去根”。“刮篾子板”多用茶杯口粗细木质坚硬的枣木或梨木制成，是“去根”和“刮蔑子”等工序中用以固定和控制力量平衡的必备工具。“去根”的秸秆拿一些细小的秸梢编成五道结捆扎好，称作“捆秆子”，再将秸梢儿部分放到铡刀下“剔梢”，剔除的秸梢在当地作为饲料或燃料使用。除根去梢后的秫秸基本为二米六七的长度，刚好符合席子的尺寸需要。解开绳扣，接下来便是妇女们较为熟悉的工序“刮叶子”。“刮叶子”时编席匠席地而坐，左手握秸秆儿，右手大拇指顶住“刮叶刀”的上部刀口，秸秆同时穿过右手，刀口抵住秸秆骨节，从秸秆部到顶部，左手向里转动，同时右手稍用力便可刮掉骨节间的叶子。刮完叶子，再把裸露的秸秆儿捆扎起来。

我们村里编席大师李凤春说：编席子是一项苦力活。编席匠的手一个冬天都是破裂的，手上会划出很多小口子。即便再熟练的编席匠，要使每一根都均匀整齐地破开而不划伤手指，也绝非易事。编席匠每编一领席子都有几次划破手的经历。高粱秆儿一根一根破开直至成坯，没有执着的精神和平稳的心态是无法完成的。

李凤春是村里七队社员，是家乡百姓中公认的编席高手。多年的编席实践中，他编的正常家庭铺的双席结实耐用，深受欢迎。同时，他还创造了不少新的编法。在种类繁多的席子当中，要数他编的“喜”席和“寿”席最上档次了。“喜”席和“寿”席在当时的农村是喜庆红火、吉祥的象征，因其编织严密，纹理清晰，四角端正，编道整齐，图案新颖，色彩艳丽，无毒无味，且光滑柔软，深得用户青睐。

“喜”席是青年男女结婚庆典的必备品，“寿”席是老人过生日的抢手货。铺“喜”席或“寿”席不光为办事人家增添喜气，也提高了其在人们心目中的身份。李师傅心灵手巧，又有艺术细胞，除了在席子四周编织传统图案，还在如“盘长”“万”字的基础上，大胆创新，在席子中间编织双喜字或“寿”字，更高级的是在“寿”席上编出“松鹤延年”“麻姑献寿”

图画，在“喜”席上编出“花好月圆”“鸳鸯戏水”等精彩画面。这些美好图案给普通生活用品赋予了别样的文化韵味儿，让新婚夫妇和老寿星喜上加喜，带来无尽的欢乐和享受。

本村人近水楼台，喜欢他编的精品席是顺理成章的事儿，就连兰棱河两岸十里八村，甚至双城堡和三岔河县城青年结婚、老人办寿的人家也大老远跑来订购他编的“喜”席和“寿”席。平时，还有大车小辆干脆把他接走，到外屯去编席的时候。每年一进腊月门儿，是编席匠李凤春最忙碌的日子。这段时间，是农村青年结婚办喜事的高峰期，家家都想在年前把儿媳妇娶回家过团圆年。外加上有的人家给老人过寿诞，更是忙上加忙。李凤春师傅为了满足用户的需求，不仅杀猪菜顾不上吃，酒也没工夫喝，还要追星星撵月亮地加班儿，一直忙到腊月三十，自家连打年纸办年货的时间都没有，常常受到家人的埋怨。那些年，随着“喜”席和“寿”席的热销，老家声名远扬，王家岗的席子不仅卖得好，受青睐，价值也高于其他村的席子。

如今，李凤春师傅已辞世好多年了，可他编织“喜”席、“寿”席的故事还在民众中流传，有的人家还保留着他编的“喜”席、“寿”席，留作念想。听说，村里在制订乡村振兴规划时，把办“村史馆”和“乡贤馆”也列入其中，要把李凤春编织的“喜”席、“寿”席和村里手艺人的事迹作为展览的内容，教育子孙后代发扬匠人的精神，传承匠人文化，为建设美丽富裕的新农村提供精神动力。

# 洋铁匠

加工维修白铁的敲白铁，俗称洋铁匠。洋铁是新中国成立初期的叫法，指的是镀锡铁和镀锌铁的统称。镀锡铁也叫马口铁，镀锌铁也叫铅铁和白铁。那年代，国家工业发展比较落后，老百姓日常生活用的洋铁、洋钉、洋油、洋火儿……都是外来品。“敲白铁”跟木匠一样，也分大白铁匠和小白铁匠。小白铁匠一般是修茶壶、钢精锅、脸盆儿或者是家庭排烟管、水接等简单活儿。这种活儿所需工具有：几把木胖锤，一根木方尺，一支装在一张条凳上的铁龙，几把剪刀。他们的本事就是能通过裁、拼、镶、焊、敲等作业，使本该丢弃的锅、壶、桶、烟道、水接等重新获得使用价值。这在“新三年、旧三年，修修补补又三年”的岁月里，还是挺有市场的。而“大白铁匠”才算真正的“敲白铁”。它的性质已经开始与修车行里的“铜工师傅”接轨，突破“一家一户”修修补补的局限，面向社会，面向企业或机构承揽有一定技术含量的业务，甚至工程。但是那时能胜任这种要求的“敲白铁”的工匠，也是凤毛麟角。那时候人们生活困难，过日子精打细算，一分钱掰成两半儿花。家里的什么家什坏了都舍不得扔，修修补补的又能将就几年。洋铁匠的活儿虽说辛苦劳累，走村串户，风里来雨里去，但相比之下，收入还可以，忙活一天就能挣回吃穿和零花钱儿，是大家心中羡慕的职业。

记得1956年因父亲在周家粮库上班，我10岁那年全家从老屯金城乡王家岗村搬到周家镇，住在街南头道东，和道西洋铁铺斜对过儿。

洋铁铺儿有一扇铁栅栏大门，正对大街面儿，站在我家房前就可以一览屋里的全貌。三间门市房，门前是摊床，上面摆着各种各样的洋铁制品。

屋内靠窗户摆一张用枕木的工作台，上边有一根一米多长的铁轨，用道钉牢牢地钉在枕木上。铁轨突出工作台的一端，加工成了像棒槌一样的圆锥体。上面放着洋铁匠常用的工具，有铁锤、木槌、砧铁、铁剪子、铁尺、圆规、烙铁、焊锡、炉子等，墙角处放着几张镀锌板。工作台下散堆着一些剪下来的边角料。我家属近水楼台，家用的水舀子、烧水壶，挑水用的水桶，装豆油的油桶都是我去买。一来二去就认识了洋铁匠。他姓郭，叫欣荣，30多岁，瘦高个儿，刀条儿脸，赤红面子，办事一说一笑，和蔼可亲。他经常穿一件深蓝色大褂，两胳膊上戴着黑色套袖。郭师傅是小镇上公认的好人，巧工匠。冬天，家里的炉筒子拐脖儿坏了，我找他去修理，他接过拐脖儿，像变魔术一样，三下五除二就修好了。我问他多少钱，他嘿嘿一笑说：孩子，邻居住着，不收钱了。你拿回去吧。然后，只见他拿过一张镀锌板，剪一剪，捶打捶打，就变成了一节炉筒子，一个铁撮子，一个口大底小的“威得罗”。我有时没事就到洋铁铺去看郭师傅做洋铁活儿，和他唠嗑儿。郭师傅画线的时候，总是把脖子伸得长长的，脑袋从左边转到右边，再从右边转到左边，这样反复几次，才用左手稳住直尺，右手拿一根锉尖了钉尖的大铁钉子，在铁板上画一条直线。他没有圆规，画圆的工具是一支带橡皮的铅笔，一根细线绳，一个大铁钉。画圆时，线头一头系在铅笔上，一头系在铁钉上，圆的大小由线头长短决定。然后，把铅笔的橡皮点作为圆心，手执大铁钉，拉紧线绳，就会在铁板上画出理想的圆。他娴熟的一举一动，一丝不苟的认真态度，令我十分羡慕。我问他，洋铁活的技术要领有哪些？他不无自豪地说，他的洋铁活儿是祖辈儿传下来的手艺。当年，他十几岁就和母亲砸洋铁，如今已经干了四十年了。拍口、咬口、焊接、起俏是砸洋铁的四个基本步骤。想干这一行也不是简单的事情。初学者往往都要练习几年，才能逐渐掌握打铁的力道、角度、速度，想要打出精致的作品，更要经过耐力与能力的考验。

1988 年初秋，我在县城的西南隅博智胡同买了一栋面积为 64 平方米的马尾式洋瓦盖儿房子。因年久失修，铁皮有几处腐烂的地方，遇到雨天就漏雨。我专程到周家镇去请他来给我修换房盖儿。郭师傅手里一边干着活儿，一边忧心忡忡地告诉我，他的洋铁活儿是祖辈儿传下来的手艺，形势越来越不妙了。

随着现代生产水平的提高，生活质量也改善了。物质生活越来越富有，市场上的塑料制品、铝制品，还有铜和不锈钢制品越来越多，铁皮制品受到很大的冲击，洋铁匠这一行当同许多手工业一样，渐渐地成了夕阳行业。现代年轻人已经没人愿意做了。郭师傅本打算让他的儿女接他的班儿，秉着技多不压身，用着不憋手的原则毫不保留地把这套手艺传给他们。可是，儿子学到了八成手艺，只是排料不甚精通。后来，儿子去了城市发展，郭师傅只好在周家大市场摆个小摊儿，卖点洋铁用品，偶尔接点洋铁活儿。

时代不同了，对于他们而言，出来摆摊儿，除了强身健体，打发时光而外，更多的是寻找一种认同感。

# 育种匠

他是远近闻名的“农民育种专家”“全国劳动模范”“中国好人”，也是父老乡亲心目中的好村官。年过花甲的他甘愿分文不取，一心带领村民致富奔小康，直到生命的最后一刻。他就是黑龙江省哈尔滨市双城区新兴街道新民村委会主任，丰禾种业董事长吴坚。

农民育种专家吴坚

2014 年 6 月 5 日，一场突发的交通事故将他的生命定格在为村务奔波的路上。

吴坚去世后，我曾参与撰写“吴坚事迹报告会”的材料。在座谈走访中，新民村的父老乡亲和丰禾种业公司员工从不同侧面声泪俱下地讲述他的感人故事。

1969 年 12 月，16 岁的吴坚回乡务农。那时，社员每天劳动十多个小时，最多挣两三角钱，贫穷的一个重要原因是没有适合本地种植的玉米“看家”品种。

只有初中文化的吴坚暗暗发誓，一定要培育出适合当地种植的优良种子，拔去“穷根”。从此，他走上了艰辛漫长的科研育种之路。

在出任村委会主任之前，吴坚是一个“不务正业”但令人尊敬的“种子迷”。

为了补上知识不足的短板，他每周骑自行车跑上百里到哈尔滨去拜师求教。为了能安心育种，他放弃乡种子站站长的“铁饭碗”。别人种地挣钱，他育种搭钱，甚至赔得连吃饭都得靠亲戚和邻居救济。他去海南育种没有路费，儿子背着黏豆包到集市上换钱；雇不起工人就自己干，一夏天肩膀后背脱了几层皮。

1976 年，吴坚在生产大队的科研室学习遗传育种，他对试验田里一株极不寻常的玉米秧苗产生了好奇。他把这株秧苗的生长特征、地处方位详细地记在了日记本上，并在秧苗附近插上了标记，从春到秋不间断地跟踪观察，精心为秧苗除草、施肥、防治病虫害，像对待初生的婴儿一样照看着这株秧苗。

1987 年，吴坚在家搞起种子培育，成为当时新兴乡“不务正业”的庄稼人。买不起显微镜，他就自制一个特殊的木架把放大镜架起来用；没有试验台，他就在自家的窗台上架一块木板凑合着用。后来备受农民欢迎的玉米良种“丰禾 10 号”就是在这样的艰苦条件下培育成功的。

1992 年，科研领域开始向民营经济开放。吴坚成立了黑龙江省第一家民营育种科研所——双城市丰禾玉米研究所，并将前景看好的几个品种分别命名为“丰禾 10 号”“丰禾 9 号”等丰禾系列。为了加快育种速度，他克服资金困难，在海南开辟繁育基地，一干就是七八个冬天。1996 年春节，当万家团聚欢度佳节时，吴坚和儿子吴芳勇却骑着自行车，奔波在三亚市各大科研院所收获完的玉米地里，捡别人丢弃的旧纸袋 10 万多个。这些旧纸袋经处理使用了 4 年，为公司节省 5 万多元资金。终于，“丰禾 10 号”玉米选育成功，但吴坚却累倒住院了。住院期间他惦记他的种子研究，在病床上给多年的搭档冷洪贵写了封信：“我的病虽不重，但在脑部时常发作，我真怕因此丧失记忆，我们共同奋斗近 20 年才有了这样的成果，如果我有事，希望大哥把它完成。”后来冷洪贵说：“吴坚的性格和他的名字一样，刚强、倔强、不服输，只要他想干的事，不获成功绝不罢休。”

2000 年 2 月 20 日，吴坚培育的“丰禾 10 号”顺利通过了审定，填补了黑龙江省无自育优良玉米新品种的空白。2003 年，“丰禾 10 号”又相继通过了吉林、内蒙古两省区的审定，成为这些省区唯一集高产、高抗病、高赖氨酸为一体的玉米新品种。在推广“丰禾 10 号”的过程中还有一段插曲：在研究出新品种之后，吴坚完全可以将专利权卖出，或者引入外来投资者对他所在的丰禾玉米研究所进行重组，这样可以带来近千万元的收益。然而经过再三考虑，他放弃了卖专利权的做法，反而以更优惠的价格向农民出售种子。截至 2013 年底，丰禾系列玉米品种累计推广面积达 6000 万亩，为农民省下 50 多亿元血汗钱。

靠着这种信念，吴坚和他的团队先后完成了国家、省和哈尔滨市的 11 个科研项目，其中有 6 个玉米新品种获国家新品种保护专利，“丰禾 10 号”获黑龙江省科技进步二等奖，“丰禾 1 号”获黑龙江省农业科技进步一等奖，吴坚本人先后被授予全国劳动模范、“星火科技先进工作者”等称号。

与此同时，他也逐步造就了畅销东三省及内蒙古的龙江种业帝国——丰禾种业公司（前身为双城市丰禾玉米研究所），一举成为名震四方的富翁，资产过亿。

吴坚有名了，组织上两次拟提拔他任双城市级领导，他谢绝了。在全体新民村父老乡亲的请托下，他回村里去当义务村官。30年前，村里发生过一次火灾，吴坚家一并被烧，他最为看重的“育种材料”却被乡亲们从火中抢救了出来，吴坚对此事一直念念不忘。

2008年9月20日，吴坚高票当选双城市（现为哈尔滨双城区）新兴镇新民村第八届村委会主任。

“原来的新民村，村委会连个办公地点都没有，今天租这家房子对付几天，明天又不知搬到哪去了，门窗玻璃被人砸碎是常事儿，村里一盘散沙。”在村里住了60多年的吕景春说。

吴坚喜欢为老百姓办事，村民们信任吴坚。“当时正值村上换届选举，我们大家伙想：别让吴坚背后出主意啦，就让他来当家领着大伙干吧。”与吴坚从小一起长大的村民李树臣说。

一面是乡亲们极力推选，一面是家里快速成长的育种产业；一面是年收入相当可观的种业公司，一面是账面空空的村集体。

面对这一切，吴坚不是没有犹豫过，但思索再三后，他向乡党委表示：只要村民们相信，我就试一把，三年任期内，咋也能把新民村整个“虎皮色”！

吴坚说，咱新民村的新农村建设可不能停在“村”上，而要看到十年二十年的发展。城镇最基础的工作首先就是下水道。今天咱们花一百万能建成，推后五年十年，就得花一千万甚至是几千万。这一年，新民村修了双城史上第一条村级下水道。6 年来，新民村发生了天翻地覆的变化，先后被评为省市新农村建设示范村和样板村。

育种更需后继有人。吴坚育种取得成功的那些年，恰逢跨国种子巨头涌入中国。在激烈的竞争中，吴坚深刻地认识到种业要发展，人才是关键，育种更需要人才。

吴坚对招来的大学生按高于国家事业单位标准的 40%发放工资，并免费提供食宿。公司还在城里买了 28 套楼房，分配给已经结婚的大学生免费居住。

他鼓励青年员工进步深造，学费全部由公司支付。学习期间个人工资、福利待遇不变。有些大学生硕士、博士毕业后想“单飞”，吴坚二话没说，全部放行。

丰禾种业总经理吴洪贵说：“我就不明白，费力花钱培养人，一点回报都没有就走了，图啥?”

吴坚说：“人才是国家的，到哪不都是为农民服务。”

几名员工出走后一对比，又想回来，吴坚笑呵呵不计前嫌，依旧委以重任。

据了解，“丰禾种业”现有 46 名大学生，其中博士 1 人，硕士 8 人。大学生员工囊括了从县到省三级“劳动模范”及党团、工会、妇联干部，有 4 名大学生加入了党组织，还有 3 名正在脱产攻读博士、硕士学位。“丰禾种业”有这样高素质的优秀人才队伍，何愁不兴旺发达?

吴坚潜心育种 40 年，榜样的力量是无穷的。如今，“丰禾种业”的全体员工，秉承着吴坚的埋头苦干、勇于攀登、为农民服务的满腔热情，积极探索，再创科技高峰。后来的人，续接着吴坚的精神火炬。

# 劁猪匠

劁猪匠大约在东汉时期就有了。明太祖朱元璋还专门为劁猪匠写过一副对联："双手劈开生死路，一刀割断是非根。"这副对联是对劁猪匠最形象、最贴切的定义了。劁猪，在20世纪七八十年代的农村，是一门谋生的绝门手艺。从事这一行业的一般都是男性，而且是青年或者中年人。他们靠一把刀吃饭。十里八村也许就出那么一个。劁猪匠的工具很精致，有一个皮套，皮套里的工具都有自己的独特叫法：劁母猪的刀子叫苗子；劁公猪的工具像个心形，叫小清子……也有叫荷叶刀的。他们的生意是季节性的，因为老百姓养猪基本都遵循一定的时间规律。过去的农村几乎家家户户都养猪，春天抓猪崽子，年根杀年猪，吃肉或者卖钱。养猪是一年的生计，是一项较大的投资。农家的残汤剩饭、陈糠烂谷子总舍不得浪费，都留着喂猪。看着圈里的猪崽儿，农人们心里有无数的想法和盼头。稍不留神，猪崽发育成熟，春心荡漾，拥有了爱情，男欢女爱，不吃不睡不长膘。人耗在猪身上的心思，不能让猪耗在别处。否则，全家人就白忙活一年，搭料、搭钱、搭工夫不算，种种期盼全泡汤了。只要不留作种猪，公猪母猪都要劁。公猪必须及时割去睾丸，母猪割去卵巢，农村人也叫花花肠子。兽医学上讲，这是阻止繁殖生长，促进肌肉生长。猪劁完了，就乖乖吃食，一心一意长膘。

那时候，在我的家乡兰棱河两岸，最受群众信任的劁猪匠是一个年轻小伙，名叫孙保民。1980 年他在双城畜牧兽医学校毕业，立志回乡报效父老乡亲。他不仅科班出身，技术过硬，服务态度也是百里挑一，随叫随到。经他劁过的猪成千上万，从没出过“茬高”现象，也就是劁猪时眼尖手快，做到稳、准、狠，把猪的“花花肠子”找准割净，不留罗乱[①]。

每逢得知孙师傅进村的消息，一家一户都来人排号，请他去劁猪。只见他一进院儿首先向主人问明情况，喝一杯水，然后就直奔猪圈，把小猪拎到院里，按倒在脚下，用左脚和右膝盖压住猪的后脚和后半身，接着用右手拿出刀具叼在嘴上，待找到了睾丸或者卵巢，就用右手取下刀具，割除掉。最后孙师傅取出线儿扎好输精管儿或输卵管儿，涂上油质青霉素消炎，有时也倒一点豆油，再取出针线缝合外面的刀口。孙宝民劁猪动作熟练麻利，也就一袋烟左右时间，围观的人还没看够，手术就完成了。

孙师傅常讲，劁猪看似简单，其中也很有学问。劁猪这个行当也有许多规矩，同行之间绝不能竞争，如果两个不认识的劁猪匠碰巧到一个地方干活，其中一个一定会自动退出。因为

① 罗乱：方言，意为麻烦。

同行不能互相抢生意。而他们互相确认身份的方法叫“盘道”。“盘道”都是用行话，如果能说对行话，就可以确定对方是同行中人。“盘道”的方式有点像对暗号，这个很有意思。其实这种“盘道”的方式在从前的各种行业中都存在。它是维系一个行业正常发展的独特方式，也是行业内部共同遵守的规则，这种方式是很有中国文化特色的。师傅带徒弟时首先教给徒弟的就是规矩，这也是职业道德。

劁猪这个古老的行业，如今正在消失。这个行业已经没落了，眼下养的猪有不少是新型饲料催大的，三到五个月猪就出栏了，根本不需要劁猪了。因为这么短的时间猪还没发育成熟，轮不到劁就长大了，所以劁猪匠也就没事可干了。

中国的很多老传统被现代化的快节奏慢慢淘汰了，留下来的问题是中国这么多博大精深的文化，谁来接手？谁来传承？

# 泥瓦匠

泥瓦匠又称泥水匠、瓦匠等。泥瓦匠中又分白活和泥活两大类，用石灰勾缝，善于盖砖瓦房者称白活匠，以泥草秫秸为主盖泥草房者为泥活匠。

泥瓦匠所用工具有瓦刀、泥（灰）抹子、托泥板儿、泥包、装板、弯尺、不线、吊线等。民间泥瓦匠大多兼作，农

泥瓦匠

闲务工，农忙务农，即使有结组性大活，房主也多选择在农闲时施工。就是现在进城包工程的建筑队，忙铲忙种忙收季节，也要返乡参与抢收抢种。乡间的泥瓦匠有干大活、干零活之分。前者主要做起梁架柁、整起整盖的活，后者做修残补漏、搭灶修圈类小活。做大活的，泥瓦匠多和木匠组合，包揽活计，并推出领工 2 人，俗称“掌尺”或“工头”。泥瓦匠组班多由两匠带一徒，即两个大工匠带一个小工，小工处于学徒地位，脏活累活粗活要抢着干。干活前，小工要把各种工具准备好，有的还要提前润泥和浆。俗话说：大工子一上工，小工子就发蒙，要啥递啥，责备呵斥是常有的事。严师出高徒嘛。

在我的记忆中，老家王家岗屯，在 20 世纪 60 年代以前没有瓦匠，只有泥水匠。那时候，农村人生活有困难，手刨脚蹬地忙活一大年，只能弄个温饱，遇上灾荒年月连吃饭都成问题，哪里有钱住好房子，都住泥草房或土平房。泥水匠所干的活也都是打墙，砌墙，搭炕，搭锅台，砌烟筒，托坯，盖泥草房、土平房，盖新房。房框子土建工程基本是以三种方式完成。一是用黄土打墙。找来几块又宽又长的长方形木板，用绳索和木桩子把木板固定好，往两块木板中间填黄土。填一层后用木榔头砸或人上去踩，基础打坚固后，再一层一层往上倒板，直至达到房墙的高度。房子墙高一般标准都是 10 米高。土打墙的关键，也是显功夫的地方就是墙角与墙角的结合处，结合得好，墙才能稳固结实，否则墙与墙会裂开、倒塌。二是用踏头草筏子垒墙。我们村是典型的湿地村，在村南西两面的草甸上长着一片又一片踏头草。为了省钱，人们便想到利用得天独厚的自然资源，盖房子人家事先要找几个亲朋好友到踏头沟去拉踏头墩，每一块都切得四棱见线儿，在野外晒干后再拉回家来。垒墙时房框子四角要立四根大碗口粗细的松木做柱脚，根底部要垫上柱脚石，以防下沉，然后用胶泥勾缝，把踏头筏子块固定结实。三是用土坯垒墙。房主人要趁秋高气爽的天气，找来泥水匠和小工子脱坯。脱坯是民间流传的四大累活之一。脱坯的人要在烈日当头的日子，用麦滑溜和黄土和泥，待泥和好后，进入脱坯程序。脱坯一般都是两个人一帮股儿，泥匠脱坯和小工子端泥。泥和好后用三股叉端泥，往坯模子里填。泥水匠用手把坯模子四周填满泥，为了出坯时顺畅，脱一块便往坯模子上喷些水，把泥坯一块一块脱到草坪上晾晒，晒干后拉到平整好的房场。一帮股儿一天最多能脱100 块坯，最少也能脱坯 70 块。脱多少块为宜，要根据盖房间数以及搭几个灶台、几铺炕，修几个烟筒决定。

20 世纪 60 年代初，村里来了一个城里的下放户，户主名叫苏永和，30 多岁年纪，中等身材，刀条子脸，长得浓眉大眼，英俊潇洒。美中不足是脸上有几个浅皮麻子，村里人都爱叫他“苏麻子”。苏永和原来是城里工程队的成手瓦匠，是玩瓦刀抹白灰的行家里手。他的到来，让屯子人开了眼界，长了见识，知道了什么是瓦匠，领略了砖瓦房的风采。起初，农村人穷，盖不起砖房，苏瓦匠空有好手艺，没有用武之地。为了养家糊口求生存，只好扔下瓦刀，抄起泥抹子，屈尊和大伙学干泥水活。1978 年党的十一届三中全会后，随着农村经济的不断好转，农民收入的逐年增加，加之村里又建起了烧砖厂，为村民改造泥草房提供了便利条件，这时候，有实力的人家都想追求生活改善，住上窗明几净、青堂瓦舍的砖瓦房。一时间，村里盖砖瓦房的人家多了起来，苏瓦匠扔了几年的瓦刀终于派上了用场。东家找，西家求，南北二屯都来找苏永和盖新房、砌院墙，苏瓦匠忙得不亦乐乎。他乐呵呵地招兵买马，挑几个年轻力壮、脑瓜灵活的小伙子，组建起王家岗第一个建筑工程队。苏永和既是师傅，又是工头、队长。除了给本村和外村人盖房，苏永和的工程队有时还受生产队派遣到公社去修水电站，盖办公场所。

1966 年底，我中师毕业分回到家乡教书，父亲一看，家中有了挣现钱的，就张罗着把我家的三间泥草房推倒，重新盖三间砖瓦房。苏师傅闻讯主动上门服务，带着他的徒弟们起早贪黑在工棚子里忙碌。他不仅手艺高超，瓦匠活干得干净利索，而且讲诚信，重质量不糊弄人。苏师傅人也随和，口碑也好，爱说爱笑，经常边砌砖边说笑话，逗得大姑娘小媳妇笑得前仰后合。有时中午几杯小酒下肚喝高兴了，便在工地上唱起京剧选段或流行歌曲，无论是唱戏唱歌都像模像样，字正腔圆。他在哪里干活，就把歌声笑声带到哪里，吸引着左邻右舍都来听唱看热闹，给父老乡亲带来了无尽欢乐，人们亲切地叫他“欢喜瓦匠”。盖房的人愿意找苏师傅，也是因为他不挑吃不挑喝，砌砖速度快，质量高，非常有同情心，理解农村人盖房的不易，帮助东家节省材料，能用上的尽量用上，哪怕是一块砖头也不糟损。

跟他干活的人都夸奖说，跟苏师傅干活，既能学到真本领，又不累，轻松愉快就把钱挣了。

苏瓦匠虽然已经离开小村 30 年了，但人们还念着他的好，想他这个人。他的泥瓦工作品还留在村里。一栋栋美观标致的砖瓦房，整齐划一的砖院墙，改善了乡村面貌，还美化了村屯环境。一张张开心的笑脸，彰显着男女老少的幸福指数。一栋栋砖瓦房像一首赞美诗，像一幅水墨画，默默地诉说着苏瓦匠的事迹、精神和人品。苏瓦匠的技术也在传承，他教会的十几名徒弟拎着瓦刀，奔走在城市、乡村的建筑工地，用青春和智慧，为乡村振兴，建设美丽家园谱写着壮美的乐章。

# 秤　匠

杆秤是一种古老的衡器。它由秤杆、秤砣、秤盘三部分组成。秤杆上有秤星，利用杠杆原理可以较为准确地称东西。

杆秤的制作可追溯到春秋时期，相传为鲁班发明。他根据北斗七星和南半六星在秤杆上刻了十三颗星花，即一斤十三两；也有传说是陶朱公范蠡所制。种种传说已不可考。春秋战

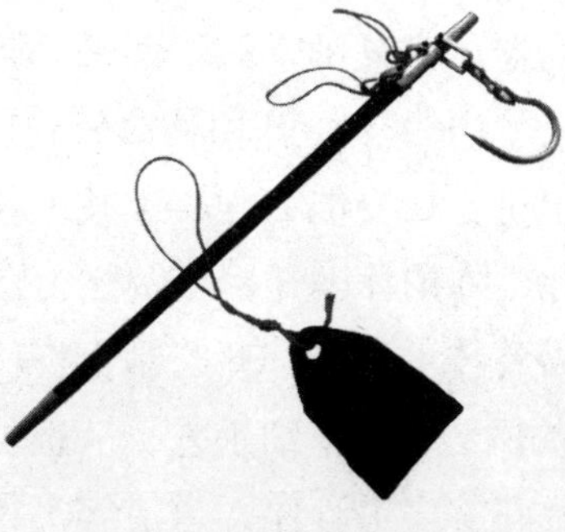

杆　秤

国时期，中原诸国度量衡混乱，不成规制，秦始皇统一中国后，书同文，车同轨，衡同制，改一斤为十六两。这种换算方式一代代流传下来，一直延续到新中国成立后。

京剧《清官谣》中唱道："天地之间有杆秤，那秤砣是老百姓，秤杆子挑江山咿呀咿而呦，你就是定盘的星。"显然秤已经成为公正、廉明的象征。在广大人民群众心中，秤是神圣的。在古代，秤匠是一种受尊重的职业，他们心中有一杆秤，制作的杆秤必定分毫不差，尺度精良。

杆秤使用灵活而又方便，与百姓生产、生活息息相关，人们与它结下了深深的情缘。在旧社会，新人洞房花烛夜时，新郎需用秤钩揭新娘头上的红盖头；盖房子上梁时，也要将秤砣悬在房梁上，以示"称心如意"。

双城堡远近闻名的做秤匠有两人。一是师傅李吉庆，二是徒弟陈柏林。据陈柏林回忆，师傅李吉庆原是机械厂工人，车、钳、洗、刨样样精通。1958 年，他被抽调出来，带十几个人创办了双城县计量核定测试所，后改为县标准计量所，负责修理计量器具。20 世纪 70 年代初，根据市场交易的需要，计量所开始做杆秤。对于这个陌生的业务，李吉庆从头学起，经常到哈尔滨道外衡器厂去拜师学艺，回来刻苦研究实践，很快掌握了做秤的工艺。1969 年，陈柏林被分到计量所工作。师傅李吉庆看他好学上进，接受能力强，学技术扎实不走样，便将他收为徒弟。从此，陈柏林也开始了做秤、修秤的生涯。

杆秤制作是需要技术的。杆秤匠制作杆秤的技术是口口相传流传下来的。做秤是一门精细手艺，从选材、刨圆，到用碱浸泡、打磨、钉秤花等多道程序，道道容不得半点马虎，稍有不慎，秤就走样。

当年做杆秤有不同规格。盘子秤多是小商小贩做买卖用，有 5 市斤、10 市斤、20 市斤的。钩子秤多用于粮库粮店、副食商店、供销社等，有 50 市斤、100 市斤、300 市斤、500 市斤的。师傅对做秤要求严格，尤其对做秤杆的原材料更为挑剔。老秤匠的经验是用纹络细腻且木质坚硬的红木、栎木。黑龙江这地方弄不到，只好到五常大山里去拉色木。为了保证木杆不开裂，材料要放在干燥处堆放两三个伏天后才能使用。木材经凿、刨处理后，就变成了笔直且又长又细的椭圆柱体，再用细纱布蘸水打磨光滑。在木杆两端套上金属皮后，杆秤便出现雏形。接下来便是制定重量刻度的精细活了，全凭平常积累的经验，否则定刻度时会非常费力。

据介绍，在打磨好的秤杆挂上秤盘后定支点，用砝码检验，当木杆处于平衡时，再用双脚规在木杆背面划一道印记，秤匠把这道工序称为“分斤劈两”，按此推断重量一一刻下记号。杆秤上密密麻麻地出现了各种记号，秤匠就用一把极为精致的戳子对着记号打眼，一边将铜丝塞进打好的眼子里，一边用道具割断，称为“刻秤星”。一杆秤上有多少眼，便多少个秤星。刻好秤星后，用工具锉平，最后根据客户喜好，在秤杆上染色，一杆秤才算制作完成。

曾记得，李师傅多次在用秤人的培训会上或全县杆秤展览会上介绍说：秤的学问很大，千万不可小视。秤杆叫“权”，秤砣叫“衡”。“权衡”二字就从这来的。手拿秤杆儿要懂得“权衡”之道，用秤之道。这秤上的小星星叫定盘星，也叫“准星”，16 钱为一两，16 两为一斤，叫作 16 进位制。这 1，2，3，4，5，6，7 是北斗七星，告诫人们在用秤时，心中要有方向，不可贪财迷财，不辨是非。这 1，2，3，4，5，6

六颗星是东西南北上下六方，用秤人要心怀公正，不可偏斜。最后这三颗星是福、禄、寿。少一两折寿，少二两少禄，少三两损福。你在用秤称东西时，多给几两就能添寿、加禄、增福哇！为什么叫准星？准星虽小，能秤人心，利益虽高，不可取不义之财。这杆秤不仅仅称东西，还称自己的良心道德呀！

20世纪七八十年代是杆秤的辉煌时期，也是双城杆秤兴盛之时。由于双城杆称的质量好，声誉高，不仅热销本地城乡的农杂、日杂商店，而且销往宾县、木兰、通河等周边市县。一时间，李吉庆和陈柏林师徒俩成了经商部门找的、客户离不了的香饽饽，经常被请到双城各个粮库和外县去调试、修理秤。

随着改革开放的推进，沿用了两千多年的杆秤也逐渐暴露出许多不足，由于缺斤少两、作弊行为的增多，杆秤遭遇了前所未有的信用危机。台秤、电子秤、托盘秤的推广也进一步冲击了杆秤的市场。1997年，全国各大城市开始限制使用杆秤。时至今日，杆秤已逐步退出市场，只有在部分农村还可见到它的身影。但杆秤作为我国传统手工艺成果之一，见证了中国数千年来的经济变迁，仍然深深扎根于人们心中。

# 骟　匠

过去在农村人们经常要对家畜的幼崽进行阉割，以求其增膘快或犁地干活老实，干此类骟马、牛、骡、驴营生的手艺人被称为“骟匠”。骟匠的手艺有劁和骟两种，劁是对雌性家畜的绝育，骟是针对雄性家畜的阉割。由于人们要把大部分雌性家畜用以繁殖，而把雄性家畜当干农活的主力或养肥吃肉，所以骟多劁少。

20 世纪 80 年代初，双城堡有一位全省唯一转为国家干部的农民兽医汪正奎，也是骟匠。汪正奎个头不高，黑红圆脸儿，长得精明强干。他的活也做得干净利索，手艺出众，在方圆百里小有名气，人送外号“汪一刀”。

记忆中，汪一刀骑着自行车走村串户，腰间斜跨一个帆布工具袋，内装着干活用的家把什，有小圆肚刀、钩子、粗缝衣针、线和碘酒瓶等。他骑个半旧的自行车，车头上绑着一根 30～40 厘米长的细木棍儿，用红布条缠裹起来，这些红布条是个别有钱又大方的主家为图吉利并以示感谢而赠送的。天长日久，有些红布条已经褪色发白，他也舍不得换，大概是为了证明自己干这行当时间长，手艺好吧。

骟匠每进一个村子，就推着自行车，边走边摇车铃，嘴里不停地吆喝着："骟牛骟马，骟羊骟牲口咪！"但"汪一刀"不一样，他有自己专门吆喝的工具——小铜锣儿。一进村口，便"铛、铛、铛"使劲敲一阵，人们听到声响便知道汪兽医来了。

在村子里，如果哪户人家请骟匠做活，一群小孩都想围着观看。这时，汪正奎正板着脸，举着明晃晃的骟匠刀，大声呵斥："小孩子家家，瞅个啥？再瞅就给你那玩意骟了。"小孩子便大笑着一哄而散。"汪一刀"会骟牛、驴、马等大牲畜，这些大牲畜在被阉割时多半会踢人咬人，大人们怕小孩受伤，是绝不会让他们靠近的。

下刀、缝合这一套看似简单的动作，却凝聚着一个骟匠的技艺和智慧。如果有哪一环节没做好，轻则牲畜不长膘，重则出现牲畜死亡的事故。

几十年来，他骟的大牲畜不计其数，没出现一次差错。"汪一刀"不仅技术高超，服务态度也是一流的，有求必应，颇得百姓信赖。

县城西南的同心乡张正窝棚是养奶牛专业村，几乎家家养奶牛。有一户姓张的养牛户，花一万八千元钱买了两头荷斯坦黑白花优质奶牛。这种牛一看就和普通牛不一样，不仅长得骨架大，肥壮可人，而且出奶率高。一头牛日产 50 斤奶，全年可收奶资一万余元，村里人羡慕得不得了，一家人也像得了宝贝一样兴奋。突然有一天，一头牛发病趴卧不起，不吃不喝，不倒觉儿，哼哼直叫。主人马上找当地兽医看，没看明白，无奈，又把奶牛拉到县城北门外的黑龙江省双城牧校去请专家教授诊治。经过几天的打针吃药，奶牛全身淌汗，像水洗的一般。专家又给牛披上湿麻袋降温，也不见效。眼瞅着奶牛一天天见瘦，只好拉回来等死。

正在主人着急上火无计可施之时，有好心人给他们推荐幸福乡兽医院院长汪正奎。托县畜牧局领导帮忙联系，汪院长二话没说，第二天上午顶着瓢泼大雨，坐四轮车来到奶牛户家。汪正奎不顾雨水浇透衣服，直奔牛栏而去，拿出听诊器一听，惊讶异常："牛肚子里有铁钉，需要做手术把胃切开，把东西拿出来，牛就好了。"夫妻俩心里画魂儿[①]，牛肚子里怎么能有铁钉子呢？二人半信半疑拉着牛跟着汪师傅来到了幸福乡兽医院。在众人帮助下，汪正奎给奶牛做了手术，从牛肚子里取出一堆塑料和六根铁钉。当时两口子看傻眼了，也服气了，一个劲儿称赞："这真是神医！"奶牛在兽医院住了7天，汪院长只收了药费，手术费、住院费全免。感动得两口子磕头作揖，感谢"汪一刀"。一年后，奶牛复壮，继续为主人带来可喜的收入。

从此以后，"汪一刀"的名声更响了，老百姓对他也更崇拜了。汪正奎是共产党员，他不忘用自己的手艺和职业优势扶贫帮困，经常为养殖大牲畜的乡亲们配牛骟马。有一年他为帮助一个30多岁的寡妇改良奶牛品种，免费注射冷冻精液，惹来了一场风波。村里爱扯老婆舌的妇女们风言风语，说汪兽医把"种"借给了某寡妇，他老婆听说后和他大吵大闹非要离婚。后来，"汪一刀"被评为全县扶贫工作先进工作者，受到表彰，县长亲自为他披红戴花。老伴儿明白了事情的真相，才解除了误会。

现如今，随着时代的发展，像"汪一刀"这样的骟匠渐渐淡出了人们的视线，这个行当也慢慢消失了。

---

① 画魂儿：方言，意为犯疑。

# 烧窑匠

20 世纪 80 年代初期，为了增加村级经济收入，满足联产承包后日益富裕起来的村民改善生存条件住砖瓦房的实际需求，我的老家王家岗村的村领导决定在屯子东北角黄土坑一带建砖厂，烧砖瓦。这件事，是家乡人自建屯子以来期盼了多少年的梦想。开张那天，小村像过年一样热闹，鞭炮齐鸣，秧歌锣鼓，欢天喜地，男女老少纷纷走出家门，聚集到砖窑来看西洋景。只见 30 多米高的红砖大烟囱和壮观新奇的砖窑拔地而起。窑身直径 3 米，高 3 米，上小下大，呈梯形，建有 18 个窑门。在靠近砖窑的空地上，打了一眼水井，还在院子里搭起一溜溜堆放砖坯的茅草棚子。

村里从兰棱镇许家窝棚屯聘请了一位烧窑匠陈文友。他长得瘦高个儿，长挂脸儿，黑不擦的。面对乡亲们的种种疑问，陈师傅胸有成竹地亮了底牌，给大伙儿吃了定心丸。他说：烧砖窑看起来是一门粗活儿、脏活儿，但要想烧出质量优、颜值高的好砖瓦，并非一日之功。烧多长时间，什么时间封门，何时开窑，小火、大火、猛火，每一个细小的环节都需要功夫和技巧，也需要时间的打磨和实践积累。心急吃不了热豆腐，心急也烧不出好砖瓦。可以说，烧窑是对烧窑匠能力水平的检验。就像新闻发布一样，掌握“火候”是烧窑匠必须练就的基本功。

烧窑的过程是：和泥、脱砖坯子、晾晒砖坯子、装窑、烧砖、洇砖、出窑。脱砖坯子首先要取土和泥。土质以黄松土为最好，这种土结构细腻，无硬杂质，而且吸水性强，易调和，制成的土坯不易变形。同时还要切记，当年的土不能用，秋天把土堆在那里，经过一冬天的风化，里面不再有生土坷垃。和泥时，再掺入一定比例的砂土，这样烧出来的砖才能光洁不裂。

脱砖坯子，是烧窑最累的活儿。每个人在场地上放一条板凳，高约 1 米，长 1.5 米，凳子上放着砖模子。砖模子有两种，有一次成型三块砖坯子的，也有一次成型两块的，个人按自己

砖　窑

力量的大小使用。砖模子是用木板扣制而成，大小规格都是统一的。长期脱砖坯子的人有经验，挖起的泥正好填平砖模子，用竹弓子刮平模子上的泥，两手把砖模子端下来，反转模子把砖坯子就近磕在地上。

经过半天的晾晒，砖坯子已定型，人们称之为“挺身”。然后把砖坯子掀起立在那里，等砖坯子半干的时候，再把砖坯子一层层斜着交叉立着摞起来。一是腾出场地，二是使砖坯子四处通风，自动风干。遇到下雨坏天，也便于集中苫盖。

烧窑大多是在深秋冬闲时。人们把晾干的砖坯子运到窑里码起来，码砖坯子也是有说道的，每次都是在陈烧窑匠的指导下进行。砖坯子的摆放要按照砖窑的火道和走势来布局，确保每一块砖坯子都能被窑中的火均匀烧到。如果砖坯子码不好，既多费炭火，又影响砖的质量。装窑的好坏关系到这窑砖的成败，陈师傅一直盯在旁边，唯恐出现问题。装窑的速度很慢，三五天的时间才能装好窑，最后把窑门封上。据我所知，每次烧窑时，烧窑匠都把铺盖卷搬到窑洞里，窑火一旦点燃，是不能熄灭的，一窑砖烧好需要 10 天左右。这期间烧窑匠吃住都要在窑炉房，不停地向窑炉里添加炭火，直至把窑内的砖烧好为止。这是烧红砖的程序。如果是烧青砖，还得加一道工序，那就是洇砖。洇砖就是将砖窑里的火熄灭，找来三四个壮小伙子轮流挑水，从窑的顶端向窑内泼。尽管已经停火，窑内的砖还是非常热，经水一泼后，一团团的烟从窑顶升起，情景蔚为壮观，十几里外都能看得见。

经过几天的洇窑，窑顶的白烟渐渐平息。人们开始出窑，就是往外出砖。尽管泼了五六天水，窑内的余温还没有完全散去，窑内热气袭人，砖依然烫手。在搬砖时，浮在砖上的砖末子在窑内飞扬，常常呛得人喘不过气来。人从窑里出来，头上、脸上、身上满是青灰。他们按200块砖一摞码在一起，一摞一摞排在那里，等待用户来购买。

手工砖瓦是建造土砖瓦房的主要原料。对于住惯了砖瓦房子的乡下人来说，这样的房子坚固，耐久力强，有的经过多少年也不漏雨，而且冬暖夏凉。

后来，兴起机制砖瓦，使用手工砖瓦的人越来越少，由于需求的减少，市场的萎缩，手工砖瓦彻底退出了人们的生活。20世纪八九十年代，砖混结构的平房和楼房遍地开花，手工砖瓦完全被边缘化了。这个风行了百余年的行业最终消失了。许多人甚至不知道曾经还有这么一帮人，这么一个行业，着实让人痛惜。

烧窑匠对乡村建设功不可没。烧窑匠记录了一段中国乡村可喜的变迁。在那个糠菜半年粮的贫困年代里，烧窑匠烧出了砖瓦，烧旺了农民的心，也烧出了人们对美好生活的希望。

最后，陈文友师傅颇有感慨地说："烧土窑是我一生的追求，倾注了我一生的心血，带给我富足的生活。希望借助乡村振兴、技能扶贫的时代浪潮，能给土窑烧制砖瓦带来一次重生的机会，让传统走进千家万户。"

# 人间烟火气

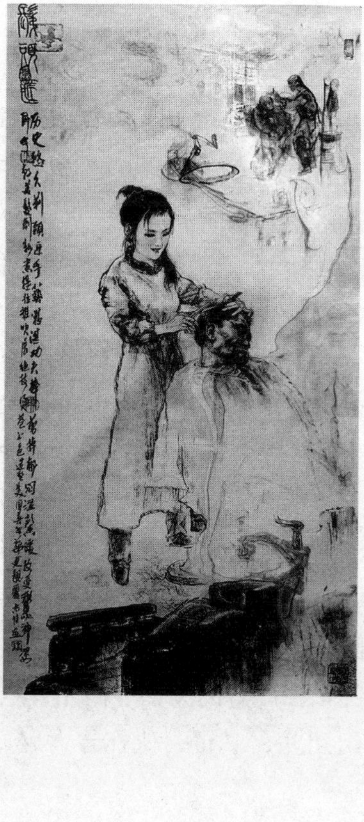

# 苫房匠

我的家乡兰棱河湿地是小村父老乡亲们的生活仓库，要什么有什么，天上飞的山鸡、野鸭，水里游的鱼虾、河蚌，柳条通里跑的兔子、野猪，大草甸子上长的各种野菜、果木、柴草和苫房草，等等。

20 世纪 60 年代以前，由于老百姓生活贫困，村里几百户人家几乎百分之九十以上住的都是土草房，极少数人家能盖起砖草房。所谓土草房就是用黄土打墙，用土坯或踏头筏子块垒墙，用木料搭房架子，用秫秸勒箔，用苫房草棚盖儿。那时候老屯人都把苫房看成是件大事，不亚于盖新房，甚至能和娶媳妇相亲相比。所以上山割苫房草，一定要选那种粗细均匀，长短一致，且要有一定韧性的，否则，就会影响苫房的质量和效果，甚至还会漏雨，影响房子的寿命。每年立秋前半个月是打苫房草的日子，各家各户有的父子爷们儿齐上阵，有的找亲属朋友、邻居帮忙组团儿，一帮一伙扛着大扇刀，拎着小镰刀，

苫 房

带上中午饭，提上装水罐儿，进军大草甸子中的苫房草塘，各自选好向阳之地。只见一片片苫房草在数十把大扇刀唰唰唰的响声中迎风倒下，像秋收时割倒的水稻田一样，如诗如画，排成一趟趟、一行行。那场面、那阵势，壮观极了。苫房草在山上晾晒好后，便被拉回家里妥善保存。听有经验的老苫房把头说，此时打的草好用，有韧劲儿，过了立秋草长成了，不柔软，没弹性，苫到房上容易漏雨。第二年谷雨过后，种地之前，冻土融化，泥水合了，人也有了空闲，是苫房的黄金季节。一家家一户户淘米轧面蒸豆包、蒸馒头，备好酒菜儿，请苫房匠动工修房子。据不完全统计，全村先后涌现出十几个苫房匠，也叫苫房把头。这些人中论技术水平，可分为三六九等。大家一致公认的金牌苫房匠是我二舅李凤春，他是我亲大娘的二弟。二舅一是手把硬，技术高超，他苫的房子，不仅脊拧得结实，檐子齐刷刷，前后坡平展展，没有横草，美观漂亮，还能多挺年头。二是他的人品好，有求必应，不挑吃喝，吃不吃、喝不喝都照样把活干得让东家心满意足，不像有的苫房匠，活计不咋地，说道还不少。

苫房最要章程，最见功夫的是拧房脊、抱房梢、齐檐子、拍平整。二舅苫房的工具有三样：一样是一把手拿的小拍子，用于拿梢时找齐；另一样是一把两三米长杆木制的大拍子，都叫拍房木，用来站在脚手架上打房子南北坡大面儿的；最后一样是抱梢时用的两根半米长、手指粗细的铁钎子。靠着这几样神器，他在房上房下井井有条地抹房箔，占檐子，拧房脊，抱梢头，像妇女绣花一样精雕细刻，小工子在房下边和泥、递泥、捆草、铡草、递草。村里大多数人家都是二舅苫的房，凡是经他手美化装饰的房子，那真是如一件件艺术品，看着漂亮，瞧着舒服。还能挺年头，最多可以十年二十年不漏雨。20世纪60年代初，村里有几个年轻后生拜他为师，他都耐心传教，到谁家干活，都带着这几个徒弟。平时，一早一晚，二舅倒背着手在村里走一走，欣赏自己亲手苫的房，听着房主和乡邻的夸赞，心里像抹了蜜一样舒坦。

出于业余文学创作的需要，我对村里的能工巧匠们格外关注。有时我问二舅：苫房给不给钱呢？他嘿嘿一笑说：什么钱不钱的，一个村住着，沾亲挂拐的，谁家还没个大事小情呢？能帮一把就帮一把，从小你大姥爷就经常教育我们，送人玫瑰，手留余香，有能力助人是福分，多做善事是积德。一席话，道出了李凤春的精神境界，难怪乡亲们都亲切地称他为“义务苫房匠”“草房的美容师”。

二舅在村里的人缘首屈一指。每当十冬腊月杀年猪时，家家都请他去吃猪肉，喝烧酒，感谢他的帮助之情。在他言传身教的影响带动下，村里的苫房匠们，都争着抢着热心为大伙服务，而且是保质保量，不讲条件。如今，随着时代发展，小村的泥草房被砖瓦房、小楼房取代了，苫房匠也完成了他的历史使命。可是，草房时代夏秋季节村里人在大草甸子上打苫房草的热闹场面，谷雨前后村里家家忙着苫房子的壮观景象，清晰地留在我的记忆中。苫房匠们义务为乡里乡亲苫房子的纯朴民风仍深深感染着我。

# 鞋 匠

多少年来，人们所穿之鞋，皆为家庭手工缝制而成。做一双鞋从挑选整理铺衬打布袼褙、剪鞋样儿、捻麻绳、纳鞋底儿、扎鞋帮到绱鞋，需要十几道工序，是一个家庭的系统工程，要耗费一定的时日，但穿上它还极易损坏。为了尽量多穿一些时间，就要及时修补。所谓时势造英雄，修鞋匠和修鞋这个行业应运而生。他们以修补旧鞋挣来的手工钱养家糊口，有的在城镇胡同摆摊儿，飞针走线，缝补钉掌；有的挑着担子，走街串巷，四处吆喝招揽生意。遇到生意就随地设点，时刻以顾客为中心殷

雷锋鞋匠孟广彬（陈志佳作）

勤服务，真可谓为了他人完美，自己不辞辛苦，心甘情愿地抛洒汗水。

在哈尔滨师范大学江北校区西北角有个 30 平方米的“雷锋号”修鞋铺，这是全国唯一一家以英雄雷锋命名的修鞋店铺，修鞋人是一位头发花白、黑红脸膛、英俊高大的山东汉子。他是曾获得许多荣誉光环的修鞋匠，小屋里的两面墙上挂满各种各样的荣誉证书：“中国优秀志愿者”、全国“五一”劳动奖章获得者、“黑龙江省优秀共产党员标兵”、“省十大杰出志愿者”、“希望工程十大爱心人士”、“哈市第 31 届劳动模范”、“哈市外来务工杰出青年”和“学雷锋志愿者先进个人”，他还是党的十八大代表。孟广彬说：“这些证书就是一面面镜子，时刻提醒我，荣誉是大家给的，我就是一个普通的修鞋匠，没有党和社会的关爱，就没有我的今天。”

1998 年初，23 岁的孟广彬只身一人从山东东平来到哈尔滨，身上仅揣着十几块钱，人生地不熟的他收过酒瓶子，崩过爆米花，捡过破烂儿，直到跟一位师傅学会修鞋，在哈师大校门口做起了修鞋匠，才算稳定下来。

当年冬天，一位大学生来到鞋摊儿，拿来一双破了三四个大洞的旧鞋来修，学生的贫困状况戳痛了他的心。孟师傅苦思冥想，怎么能够把这些贫困的学生吸引到自己身边来呢？最终他想出了四句话：鞋子穿坏别发愁，广彬为你解烦忧。生活之中互帮助，雷锋精神记心头。他把写着这四句话的小黑板儿始终摆在自己的鞋摊儿前或者挂在修鞋屋里最明显的地方。他还做了 2000 张免费卡发给学生，凡是贫困学生、老人和残疾人来修鞋，一概分文不取。再加之，老孟修鞋的活计做得漂亮结实，找他来修鞋的人越来越多。1994 年《新晚报》宣传了他的事迹，一夜成名并没有让老孟有丝毫的自豪感，反而是每天和师生们的聊天使他长了见识并找到了修鞋的乐趣。他跟学生们一起加入志愿者队伍中。因为他觉得志愿者干的事儿和他心中想做的是一码事儿。修鞋不为挣钱，帮助别人上瘾，很多人说老孟傻，他自己却乐在其中。他经常定期跑到几十里外的敬老院、干休所，义务为孤寡老人、残疾人和新四军、抗美援朝老功臣们修鞋、做鞋，这是他始终坚持的一个习惯。

孟广彬在小鞋屋，32 年如一日，用一针一线穿写出诚实守信的人生信条，以一个平凡劳动者的坚守，诠释了一名草根工匠的社会价值。孟广彬义务修鞋 15 万双，少收入 10 万余元，还要从自己的微薄收入中拿出钱来资助贫困学生、残疾人和老年人，累计捐款 5 万余元。一年四季，无论春夏秋冬，刮风下雨，他都要等到学生放学把鞋取走再收摊儿。他认为，这是人与人最基本的信任。1995 年 8 月 24 日，本家大哥打来电话，告知他在山东老家的母亲病重，非常想见广彬，要他速回。但他看到鞋架上还有 5 双鞋没人来取，就一直等到傍晚学生把修的鞋全部取走，他才匆忙赶往火车站。由于耽误了行程，没和母亲见上最后一面，留下了终生的遗憾。

多年来，孟鞋匠关爱困难人群的脚步从未停止。他常说：人活着能够帮助别人是最大的快乐，能够为社会做点有意义的事情是最大的幸福。32 年中，他立足小鞋摊儿，用诚信铸造良心品质，积攒了 7 大本，近半尺厚的万人修鞋留言簿。上面写满群众对他的感激与赞扬。其中有老教授、大学生、社区居民、解放军官兵和外国留学生的留言，有中文、俄文、日文、英文等不同国家的文字。

1998 年哈市发生特大洪水，老孟不顾身边人劝阻，毅然决然地加入抗洪战斗行列，一干就是半个月。他笑着说：“哈尔滨是我的第二故乡，保卫家园我有一份责任。”而这座城市也给了老孟久违的归属感。2004 年，老孟的两个孩子上学问题和一家人的户口问题顺利解决，哈师大还在校园里为他修建了修鞋屋。还有一件事最让孟广彬难以忘怀。“那是刚来哈市的那年冬季，有一天零下 20 多摄氏度，寒风刺骨。我衣着单薄，手冻得僵硬，回不过弯来，一连七个鞋钉都没钉进去。一个名叫王义年的老共产党员脱下自己的棉袄披在我身上。当时我深受感动，一股暖流涌遍全身。他对我说：‘孩子，你穿得太少了，这件棉袄送给你了。我家就在附近，实在冷了就到家暖和暖和去。’从此，我与老人结成了忘年交。老人的一句话一直响在耳边：‘无论你的生活如何改变，我相信你为贫困百姓服务的心不会变。’多年来，这句话也成了我奋勇前行的动力。这也是哈尔滨这个公道热心肠的城市给我一个举目无亲的打工仔留下的第一印象。”

孟广彬告诉我：“雷锋号修鞋铺要永远开下去，直到我干不动为止。如今虽然我已年近花甲，但是还没有退休的计划。只要人民群众需要，我钉鞋的小锤子就要抡下去。1998 年国家商标局破例为我的修鞋铺注册的‘雷锋号’商标，已陪伴我 20 多年了，商标注册证上那只与‘雷锋号’融为一体的‘大头皮鞋’，已被我视为生命中最重要的事。我要做雷锋没做完的事，永远做人民的修鞋匠。用毕生精力继续为这个名字增添光彩。”

# 伞 匠

伞在历史的风雨中不断变化与改进，其功用也在不断地延伸扩展，除了遮雨和防晒外，还可以装饰美化环境。

据传，我国用伞的历史已有四千多年。《孔子家语》：孔子之郯，遭程子于途，倾盖而语终日，甚相亲。“盖”即指伞。春秋时期，木匠鲁班的妻子云氏，见丈夫常年在外奔波，遇雨很不方便，便想做一种能遮雨的工具。她将竹子劈开剖成细条，蒙上兽皮，做了一个如“八角亭”的雨具，张开若盖，收拢如棍。后人见其方便实用，便纷纷模仿制作。

岁月如一盏孤灯，将这无限韶华托付于细水长流的终年平淡。在这钢筋水泥的种种印记里，究竟还有几个能够守望住古老年华里品尽沧桑的老行当、老手艺？

幸运的是，在我的家乡双城堡还真有一位这样的老伞匠刘英杰。如今他年届七十，但仍初心不改，自觉坚守着修伞技艺。说起制伞和修伞的往事，他兴奋中带有几分期许。1987 年

伞匠产品

因双城印花厂产品滞销，二百多人无法开支，吃不上饭。经县有关部门研究，决定建立双城制伞厂，把年仅 31 岁的原县二轻局秘书刘英杰调来任厂长兼书记。制伞，对于刘厂长和他部下的几百名印花工人来说，是全新业务，没有一个懂技术的明白人。面对此情此景，刘英杰凭着年轻人的冲劲和坚定向上的事业心，从头学起。上任伊始，他带队到广东省去考察，最后和广东江门市制伞厂联营，由他们出设备和技术，双城伞厂负责制作产品，对外销售。

伞的制作过程非常烦琐，全部依赖手工操作。民间谚语说："工序七十二道半，搬进搬出不肖算。"单是伞骨架制作就要费去许多工夫。晒伞架、上伞杆、打小孔、装伞楗、绕伞边、裱伞布、糊边、贴边、收卷画伞，刷桐油、穿伞线、装伞、套伞套、贴商标、装箱、打包，一把小小雨伞才宣告完成，精细工序多达几十道。刘厂长全身心投入到学制伞的技术上，和他的技术骨干们数十次跑广东，拜广东厂家技术科的黎师傅为师，刻苦求艺，有时一去几十天，甚至几个月，一道工序一道工序啃，一遍一遍反复试验，广东的黎技师也经常到双城来现场指导。功夫不负有心人，经过数十次的刻苦实践，刘英杰终于掌握了制伞的全部要领，而且对每道工序都运用自如，变成了制伞的行家里手。他既是厂长又当技师，常年工作在生产第一线，视产品质量为生命，严格把住进料关口：坚持从武汉钢铁公司进钢材做伞骨，从广东省新会市涤纶厂进伞面儿，从广州市有机玻璃厂进有机玻璃做伞把儿。在制作过程中，从不放过任何一个细节。有一次，在试验拉簧伞时，发现做伞骨的钢材不达标，他当机立断，及时更换材料，并且命令销售人员迅速把已经卖到阿城百货大楼的几百把伞追回来。

由于上下同心，努力拼搏，双城伞厂生产形势一年比一年好，逐年扩大再生产，产品最多时达到 52 种，有拉簧伞、太阳伞、儿童伞、花边伞、男士伞、小姐伞、手开伞、半自动伞、两折伞、三折伞等。

小朋友喜欢的是音乐儿童伞，伞把上带音乐，一按小钮儿就唱歌。小姐伞，特别是红色小姐伞，是青春少女的最爱，边儿宽把儿细，像欧洲伞似的，窈窕秀气，小青年多做定情物。结婚时必备小姐伞，以示浪漫吉祥，红运当头，销售异常火爆。双城伞的产品质量过硬，美观漂亮，名声在外，赢得广大消费者的青睐，产品享誉东三省、河南、河北、山东等地。1994 年还在俄罗斯车里亚宾斯特市建立了双城制伞分厂，把伞送到国际友人手中。双城制伞厂 1989 年被评为“全国星火计划银奖”，1990 年荣获“黑龙江省科技进步二等奖”。刘伞匠也多次被评为县劳动模范，荣获“黑龙江省科技进步奖”。

刘英杰为了传承制伞工艺，实现后继有人的愿望，多次给儿子刘彬“洗脑”，讲述制伞的重要性。1991 年儿子从大连财经学院毕业回来，他令孩子改行到伞厂来学习制伞修伞技术。

谁知好景不长，1998 年，在双城城市改造中，伞厂厂房被拆扒，从此结束了大红大紫的制伞历史。

刘英杰舍不得扔下苦心经营十余年，凝结着自己血汗的制伞事业。无奈，他含泪买下了伞厂的半成品和零部件，和儿子以及几个技术骨干做起了个体制伞修伞的营生。

刘英杰制伞认真，修伞也不含糊。他每天按时按点上下班，在简陋狭小的工作间里，等待着南来北往的修伞人。

几十年来，老刘见过的伞可以说是数不胜数。大到拉簧伞，小到袖珍的儿童伞，无不在老刘的手中得到最佳的修理和还原。虽说修伞的收入不多，但他仍然坚守，即使来的人少，也感到欣慰。因为只要有人用伞、修伞，他就可以展示自己的修伞手艺。

“现在修伞的人不好找喽！辛苦又赚不到钱，没有人愿意干！”他边叨咕边修理手中的一把伞。只见他灵巧地将从工具箱中拿出的尼龙绳穿入针眼，然后轻轻用手触摸检查着每一根伞骨，最后按住伞面，拿起针线进行缝补。有时在缝补中，时不时揉几下眼睛。他仔细地穿过每一根钢丝，再将线提起穿入，每一针、每一线，都如同在完成一份举世无双的艺术品，小心翼翼，又充满喜爱。

虽然那双饱经岁月磨蚀的双手早已布满厚厚的老茧，可这丝毫不影响他修伞时的乐趣。每当修好一把伞，他都会慢慢地在手中把玩，检查无误后交与顾客。每天，看着高兴而来、满意而走的修伞人，他的心里有说不出的满足。

采访结束时，老刘告诉我，令他感到担忧的是，唯一一个继承人——他 40 多岁的儿子刘彬突遭不幸，无法再从事修伞行当，他最大的愿望是能碰到接续修伞手艺的人，他将无条件地把全部手艺传给他人。

# 锁 匠

从出土的文物和史料所留下的记载来看，古代的锁是靠两片板状弹簧的弹力工作的。直到现在这种弹簧锁仍在使用。中国的锁已经延续数千年，仰韶文化遗址发现了木锁，而周出土了青铜锁，到了汉代已普遍生产使用金属锁了。如今，古代锁基本退出了历史舞台。在原始社会末期，随着私有制和贫富差距的出现，就有了剥削与被剥削阶级的矛盾，自然就有了偷盗等行为。为了防盗，锁自然就出现了。

新中国成立初期，在双城堡西大街庙头有一家修锁店，也是古堡最早最有名气的修锁店。锁匠师傅华聚才，一米八的个头，浓眉大眼，英俊帅气。

他聪明好学，技术高超，无师自通，据说在中学读书时就喜欢捅咕锁头，将家里和从亲戚朋友家收来的破锁头拆了装，装了拆，从中了解摸索锁头的结构原理，天长日久便对修锁产生了浓厚的兴趣。有一年冬天，学校班级的门锁坏了，怎么也打不开，老师和同学干着急，进不了屋，上不了课。年仅 18 岁的华聚才自告奋勇，掏出一个铁丝弯成的钩子迅速开了门锁，避免了师生们挨冷受冻。过后，他还把这把坏锁修好交给了老师。初中毕业后，他求木匠打了一个工具箱，装上自制的各种“神器”，开始了走乡串村修锁配钥匙的生涯。随着时间的推移，业务量的增多，胆量的逐渐壮大，他干脆在县城的繁华地带开起了庙头修锁店。

开业当天，一个银行的工作人员慕名来找他，说有个保险箱两把钥匙都拧折了，愿意出二百块钱，请他去开箱配锁。从此，他一炮打响，声名远扬。大家都知道双城出了个姓华的“神锁匠”。

通过这件事，华师傅觉得开锁这个行当有钻研头，里边藏着大智慧，大有文章可做。他不顾家人反对，决心投身到这个行业中去。他又购买了各种锁具，埋头钻研各种开锁方式。从了解到痴迷，从不懂到精通。经过上百次的失败，上千次的不断尝试，他终于实现了自己的梦想，成了众人赞不绝口的“神锁匠”。

配钥匙开锁是一门动手动脑的技术活儿。时代在发展进步，锁和钥匙的种类也变得更加多样化，庙头修锁店也购进了各种各样的钥匙和锁具。钥匙的种类不同，配制所需要的时间也不同，对于华师傅来说，配制一把平常的钥匙，也就两三分钟时间。先是找出一个差不多的钥匙磨具，将其放在配钥匙机器带有磨刀的下方夹紧，再将钥匙放到另一个夹子上。最后将打磨好的磨具再放到桌子旁的小木块上用锉刀进行修整，修完之后，一把钥匙就配好了。

几十年来，华师傅遇到了各式各样的锁，也遇上各种各样的人和事。不管事情怎么紧急棘手，他总是凭着一颗善良之心，指引着自己走向帮助别人的路途上去。

记得有一年的春天，一户人家因门锁损坏，一家人圈在家里出不了门，偏赶上这家的儿媳妇要生孩子，情急之下这家人拨通了华师傅的电话。华师傅一听，二话没说就急忙赶过去了，以最快的速度打开了门锁，并帮助把产妇送到了医院，感动得一家人千恩万谢。

谈到与公安人员合作解救独自在家犯心脏病的老人时，华师傅说："我们店里有两条不成文的规矩：一是涉及人命关天的大事儿的，我们全力以赴，店里的工作暂时停下，要以救人为主；二是不忘做公益之事，凡是遇到忘性大的老年人和残疾人以及生活有困难的人，一律免费开锁。"

华聚才身为一名锁匠，处事细致小心，在无形中保护了许多人的财产。

曾经有人手提水桶、衣架，抱着被子，带华师傅来到一户人家门口，告诉他刚刚租的房子门打不开。华师傅一看钥匙与锁对不上号，就到邻居家去敲门。那人做贼心虚，见此举动，连忙问道："你这敲别人家的门是什么意思？"华师傅回道："问问这房子是不是出租了。"那人听了觉得事情不妙马上说："不用开了，我打电话叫房主把钥匙送过来。"随即转身走了。

虽说华师傅手中有着"无锁不能"的技能，但从事这行当几十年，从未做过一件违背职业道德的事。有几次，顾客拿着用肥皂压的模型来配钥匙，华师傅明确表示拒绝："我开锁店是为挣钱，可是，黑心的钱我不挣。"

也有人到店里来，想要配一把万能钥匙，并许以高额的报酬。甚至有人用威胁的口气逼他配钥匙。华师傅告诉他说：世界上没有万能钥匙，只有能开万把锁的人。我是能打开各种锁，但我宁愿在家几分几毛钱地挣，这样利人利己，心安理得。

从业几十年来，华师傅打开过几万把锁，为多少家庭带去平安幸福，一双手一颗心赢得无数的赞誉与好评。

开锁配钥匙，是再平常不过的事儿，可是能将平凡化为不平凡，这是“神锁匠”华聚才的独到之处。虽然他已经故去不少年了，但双城还流传着他的故事。后来的修锁匠们都以他为楷模，学他忠厚做人，学他对技艺的精益求精。

# 弹花匠

弹棉花是一门老行当。元代王桢《农书·农器图谱》记载："木棉弹弓，以竹为之，长可四尺许，上一截颇长而弯，下一截稍短而劲，控以绳弦，用弹棉英，如弹毡毛法，务使结者开，实者虚。"这段文字记载得很清楚，所谓"弹棉"，就是棉花去籽以后，用弓弦来弹，而"弹棉花"大多指的是用旧棉重新弹，使已经"结实"的棉被、棉衣的棉絮变得更加松软。当然，也有弹新棉的，如过去人们儿子结婚、闺女出嫁办喜事时都有几铺几盖之说，这些嫁妆被褥就是新棉来弹的。

20 世纪七八十年代，我认识一个女弹花匠，她叫宋亚芹，长得浓眉大眼，一米七多的个头，是我们剧团打鼓师陈福老哥的妻子，我们都尊敬地叫她陈嫂。

陈嫂 30 岁进双城堡西北隅弹棉社，和其他的弹花匠一样，一年四季经常风里来雨里去，到街巷、农村为人弹棉花，俗称"弹匠"，也有直接叫"弹棉花的"。她背一张用牛筋做弓弦的大木弓，其他工具还有木槌、铲头、木磨盘等。在弹棉社弹棉絮的地方是两间狭窄的小屋，中间放一张大床，弹棉花的工匠先把要弹的棉絮堆在床上，然后把一根有弹性的木杆竖着绑在自己身上，再用一根绳子把竖杆和弓背连接在一起，这样大弓就悬空在了要弹的棉絮上。开始弹棉花的时候，弹花匠左手扶木槌有节奏地打击着弓上的弦。弓弦紧贴棉花，随着“嘭嘭”的声响，一堆棉花就被弹得蓬松均匀。要是旧棉絮重弹，他们还要先把棉絮表面的旧纱扳掉，然后卷成捆，用双手捧住在布满钉子的铲头上撕松，才能用弓弹得松软。弹好的棉花还要用一个厚木头做的圆盘碾压成形。这个木盘类似蒲团大小，上面有一块横木做抓手，弹棉花的拿着木盘在弹好的棉絮上来回移动，一圈一圈把棉花压得平整、坚实、牢固。最后，还要铺纱。用一根长竹竿牵着棉纱递向对面的打下手师傅，那人接住后把棉纱贴在棉絮上掐断。这样来回往复，随着竹竿在空中翩翩飞舞，棉纱均匀地铺在棉絮上。按照当地风俗，在棉絮上铺纱也是有讲究的。一般的棉被铺用白纱，但做嫁妆的棉絮根据民间“红官”“绿娘子”的说法，必须用红、绿两色的棉纱来铺，以表示和谐美满，大吉大利。

宋亚芹清楚地记得进弹棉社上班拜师那天师傅语重心长的一席话：我们弹棉社成立这些年来，能在社会上有个好名声，主要靠我们精湛的技艺和良好的服务，才赢得顾客的信赖。希望你遵守并发扬祖训家规：一是到外边干活不能欺行霸市；二是弹花不能偷工减料；三是要做到和气待客。宋弹花匠数年如一日始终牢记师傅的教诲，用自己的模范行动为单位增光添彩，树立良好形象。有一年夏天，她在弹一床旧被套时，发现里边有一千五百块钱。那年月谁家不缺钱花？她家里老少三辈儿，老的老，小的小，都靠她和丈夫微薄的收入养家糊口。老的需要治病买药，小的上学需交学费。哪一样不需钱？眼下这可是一笔巨款哪！宋亚芹干一大年才能挣几百块钱，这笔钱是她几年也挣不来的呀。要说不动心，那是瞎话，可设身处地想一想，做人不能见利忘义。“失主丢了这么多钱，还不知道多么着急上火呢，我得赶紧把钱给顾客送回去。”于是，她顶着雨，串街越巷，从中午跑到天黑才找到失主，最后把一叠钱递过去时，心里有说不出的轻松舒坦。当失主一家人看她为送钱浇得如落汤鸡一样时，十分感动，千恩万谢，最后还送来一面锦旗，上面写着两行质朴的赞语：“宋亚芹，真可夸，心灵手巧弹棉花；拾金不昧品德美，温暖送到千万家。”

弹棉花是个不起眼的老行当，与别的行当相比并没有什么特别之处，却有其一段荣耀的历史。乾隆皇帝曾为之赋诗赞颂：“转毂持钩左右旋，左推荡核右帷棉，木弓曲引蜡弦绷，开结杨茸白氈成。”可能是受皇帝作诗的影响和带动，文人们也对弹棉花情有独钟，在它身上赋予了更多的诗情画意。有一首古韵《弹棉花》写得好：“腰身弯作一张弓，横拨箜篌气若虹。不藉吹拉自成曲，待加击打更生风。搅来滚滚飞云舞，铺就皑皑积雪融。情义缠绵情未了，尽将和暖絮其中。”关于弹棉花的谜语说得更是千柔百转，意蕴缠绵，什么“无萧无笛声音好”“无云无雨雪花飞”“颠狂柳絮随风舞，独钩寒江雪满身”，让人感到这弹棉花是世界上最浪漫最惬意的美事。更有那首“弹棉花哎弹棉花——半斤弹成八两八，弹匠巧手施魔法，旧棉顿时变新花”的民谣，至今还留在不少人的记忆中。尽管人们用了那么多美好的语言来描述，可是弹棉花这个老行当还是在赞美声中离我们渐行渐远了。

# 裱糊匠

在我们老家，兰棱河北的朱山脚下王家岗村，二舅李凤春是父老乡亲们公认的能工巧匠。他不仅把飞机、大炮、坦克扎得惟妙惟肖，把草房苫得美观耐用如艺术品，就连裱糊吊棚也是行家里手。1967 年春天，我家新盖了三间砖瓦房，10 月份，父母为我张锣结婚，把二舅请来，为我裱糊新婚洞房。

记得那天，二舅带一个机灵勤快、干活利索的年轻徒弟来了。从凌晨开始动工，师徒俩人整整忙碌了一天一夜。我在旁边伺候工匠，一会儿点烟，一会儿倒水，二舅一边干活，一边为我传授裱糊知识。

裱糊，分五道工序。起初，徒弟打糨糊，二舅煨秫秸。打糨糊者，先把四五斤白面和成饺子面，复放盆里添加温水揉搓，必须把面筋揉搓出来，面筋不过半个馒头大小。然后再将水倒入锅中加热调成糨糊。二舅煨秫秸，炕上放一张八仙桌，桌上放一泥火盆，将木棍短段儿和小劈柴架起点燃，取两块旧

裱糊匠

瓦靠架火上，凹面朝里，让火苗儿从中间瓦缝中冒出，然后将秫秸一根根平放瓦顶，在火苗上移动、熏烤，并在瓦棱上按压，将其逐渐煨直。徒弟打好糨糊的同时，秫秸也都煨好。进行第二道工序，先拿一刀纸平铺桌上，四边用刀切齐，然后全部再切成一寸宽条状，用排刷刷上糨糊，徒弟揭递纸条，师傅往秫秸上斜向缠绕，把所有秫秸包裹完毕，然后进入第三道工序。用秫秸绑扎顶棚，无论草房、瓦房，还是平房，房顶内均非平面，必须用秫秸绑扎一水平顶棚方能裱糊，有了水平顶棚，屋子才成为四棱见线的正方空间。绑扎棚架时，先在檐檩下皮找出，因檐檩下皮既是房顶最低点，也是墙壁最高点，以水平点为顶棚，可使屋子空间达到最大。水平点确定后，就在周围墙壁弹上水平线，沿墨迹线钉一圈儿秫秸。横顺再系好水平线绳，依据水平线，将所有檩条上都垂直钉上一截儿秫秸，约 20 厘米远钉一根，对应水平线平行处，将秫秸一侧削去半拉皮瓤儿，将留下之皮儿弯曲折回，依旧钉檩条上，在秫秸皮儿弯曲的兜里，皆平行夹一根秫秸，排满后就形成一个由秫秸组成的水平棚顶。

做好秫秸棚顶后，就要首先裱糊棚顶，二舅先把所用毛头纸边缘全部切齐切正，并确保 90 度。裱糊房间都裱糊两层。

第一层用毛头纸打底儿，第二层是用带图案的窝子纸。糊窝子纸是技术性最高的活，要把纸上的图案对接好，花对花，叶对叶，梗对梗，不许出现错牙破坏图案。糊两层纸时皆从房顶一角开始，先把纵横两条水平线拨到一角，交点必须呈 90 度，然后将顶棚秫秸下侧抹糨糊，然后张贴纸张。裱糊房间顶棚，第一张纸最关键，必须对准纵横两条水平线，裱糊方正，然后一张张挨着裱糊。裱糊房间使用新糜子笤帚最好，因新笤帚不仅苗子较长，而且柔软，不会划破抹上糨糊的纸张，旧笤帚疙瘩是绝对不能用的。糊顶棚时，徒弟在前面顶棚架上抹糨糊，二舅两手拎着纸，里侧对准上张纸边缘，外侧对准水平线或相邻趟的纸张边缘，轻轻平粘棚顶上，一张挨一张，一行压一行，糊完第一层再糊第二层，糊完顶棚再裱糊墙壁。

糊第二层时，二舅用牙叼着笤帚背儿，一只手拎纸的一角，对正前张纸的外侧边缘犄角，另一只手用笤帚往上托送的瞬间，再轻轻用嘴一吹，纸张就冉冉飘起，随即用笤帚迅速往外扫几下，一张白纸就平平整整糊到顶棚上了。

糊棚的技术性最强，也最累人。一是长时间仰面朝天，颈椎相当费力；二是必须细心，确保纸张方正；三是要动作麻利，准确迅速，稍微动作缓慢，抹上糨糊的纸张就会垂下倾斜。另外，纸与纸之间既不能摞上，又不能有丝毫缝隙，纸张纹理才会横平竖直，图案才能完整美观。

糊完第一层糊第二层，糊第二层的特点是无论横向纵向，都不能和第一层重合，必须从第一张开始，与第一层错开二寸以上距离，以免缝隙重合，造成大面积脱落。糊第二层，相对速度较快。裱糊完毕，既看不到乌黑的墙壁，也看不到漆黑的檩条椽子。房间四四方方，白白净净，棚顶美观大方。在新房靠北墙摆上一对我亲手油画的描金小柜儿，柜上悬挂两块画着鸳鸯戏荷的大梳妆镜。顿时满屋生辉，喜气盈门。

裱糊匠是创造美丽的大师，花钱不多，让房间焕然一新，特别是改革开放初期，其生意更加兴隆，进入鼎盛时期，不单单是结婚家庭，就是普通人家，手头宽裕了，也要换一下环境气氛，感觉一下改革带来的喜悦。特别是进入腊月，要裱糊房间的人更多，都想在新的环境下走进新的一年。但必须提前十天半月去约裱糊匠，否则就排不上号了。当时十里八村内也找不到一两个裱糊匠，只有极少数勤奋的细心者，才能掌握裱糊技术。故此，人们对裱糊匠无不恭敬有加，奉为上宾，即使是最困难的家庭，一日三餐也都有酒有肉，盛情款待他们。

随着社会的高速发展，人们逐渐富裕，茅草房和土平房都陆续翻盖成楼房或砖瓦房，虽然宽敞明亮，高大壮观，但也无人使用土坯和踏头筏子等建筑材料，皆为机制砖和钢筋水泥等，再没有用土泥抹墙的，加上煤油灯退休，实现照明电器化，房间装修也现代化，再也不用裱糊匠帮助了。裱糊匠不得不陆续退出历史舞台。但是，随着时代的变迁，新一代裱糊匠又应运而生，而且裱糊技术也与时俱进，更上一层楼。既不用秫秸做顶棚，也无须糨糊粘贴，都用上了新式黏结剂，裱糊材料也不用毛头纸，皆为绚丽多彩的壁纸了。

# 剃头匠

剃头匠，为专业剃头之匠人。

在我的记忆中，老家小屯以前没有剃头的。村里人剃头多是等待外来剃头匠，集中剃头。每年剃头匠都来四五次，每次都住上三天两日，不然剃不完攒了几个月的头。也有个别人借出车送粮或过年打年纸之机，洗脸，刮胡子，一过二手，到兰棱或蔡家沟去剃头。20 世纪 50 年代初，村里来了一个从部队转业的剃头匠，姓孙名文才。别看他长得瘦小枯干，小头瓘脸儿，其貌不扬，人送外号“小老虎儿”，剃头手艺可不含糊。光头、分头、平头样样都会。听说他在部队时就是给首长和战友们理发的。起初，他也和其他剃头匠一样，挑着挑子走家串户，或到附近村屯，为老少爷们儿剃头。后来，由于左脚在部队打仗时受过伤，行走不方便，干脆在自己家开个剃头铺儿。当年剃一个头几角钱，孙文才就这样靠剃头娶了个贤惠漂亮的媳妇，养家糊口。生产队时期，孙文才还靠剃头挣过工分，给

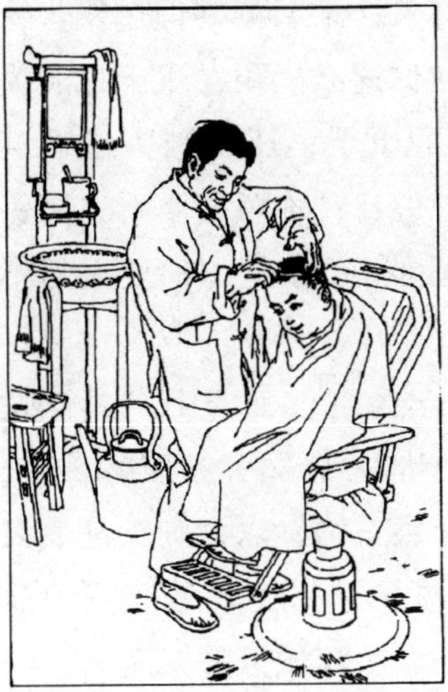

剃头匠

大人剃一个头记8分，给小孩剃头记5分。无论是挣现钱儿或是记工分，他的服务态度不变，童叟无欺。那年代，顾客多为中老年男性，而且剃光头居多，还要刮脸剃胡须。孙师傅对每个顾客都耐心认真，先将头发用热水洗透，再从头顶开始刮剃，随着一阵“咔哧咔哧”的响声，一片片头发会陆续飘落下来，然后刮脸。刮脸时先将脸上胡须处刷满肥皂沫儿，用毛巾热敷片刻，方才挥刀刮剃。

为了确保胡须剃得干净到位，还不时用手指肚儿搪摸顾客面颊下颌，稍微感觉到有胡茬子，就要继续刮剃，直到感觉特别光滑时才会放手。除了尽最大努力把胡须刮净，还要将鼻子窟窿、耳朵轮儿、耳朵眼儿、下巴和颈部周围皆用刀子刮过，就连一根细小汗毛也不会放过，仔细检查确实剃干净后，还要站在顾客面前，双手合十，快速搓几下手掌，用热手掌从头顶、前额、太阳穴、天灵盖、耳朵、后脑勺及肩背部，按穴位推拿按摩，然后用手掌在两个肩膀上拍两下，全部程序才告结束。剃完头后，无论老少，无不感觉爽快惬意。

1962年冬天，我从阿城师范学校放寒假回家，忙于帮助大队小青年们排练春节文艺节目，忘了剃头。腊月廿四那天，我到孙剃头匠家去剃头，只见屋里有二十几个来剃头的大人和孩子。孙文才一边干活一边给大伙讲他在部队时参加多少次战斗，打死过多少敌人，曾经给某某首长、某某英雄理过发。村中有一位好开玩笑的人问剃头匠："你这么能耐，竟干过五关斩六将的事儿，怎么没弄个一官半职干干，还当剃头匠呢？"一句话刺激了孙文才，他不无自豪地说："你可别小看这剃头匠，它可是手握皇帝尚方宝剑的职业呀！"于是，他便滔滔不绝地讲起了剃头匠的来历。

早在明朝以前，汉人皆崇尚以孝为本，脑海中"身体发肤，受之父母，不敢毁伤"的观念牢固，男女皆习惯蓄长发，男绾发髻或拢发系巾，女绾云髻戴金银首饰，以为剃头是最大的不敬不孝。国人对头发的重视程度，从历史名著《三国演义》中可窥见一斑。当年曹操亲率大军去宛城征战张绣时，为严明军纪，颁布了一项不准踩踏庄稼的命令，谁知无巧不成书，偏偏曹操自己乘的那匹马却因飞鸟受惊，踩踏了一片麦田，依据军令曹操当斩。曹操欲拔剑自裁，以儆效尤，但他身系三军主帅，失去主帅军队无法作战，在下属一再苦苦哀求下，曹操便用宝剑割掉自己的一缕头发，以示惩戒。可见早年人们把头发看得多么珍贵。

剃头匠的历史，在我国并不久远，是从清朝初年开始的。当年清朝为了加强对汉人的统治，颁布了一道法令，要求所有汉人男子都要遵从满人习俗，实行满人发式、服饰，满人的发式皆将头上周围剃去，只留头顶朝后一片梳辫子。法令在全国强制推行，凡不遵本朝法令者，杀无赦。为此，全国各地都设立了剃头棚儿，发现留发之人，强行让其剃发，明确规定：留发不留头，留头不留发。遇抗拒者，一律斩首，将其头悬挂城门或刁斗旗杆上示众。最初的剃头棚和剃头挑子，留为官办，剃头匠亦属官差，并非一般平头百姓，他们有的于街前路口搭棚常驻，有的担着挑子走街串巷，专门为汉人男子剃头。随着时间的推移，为人剃头逐渐演变为一种服务性职业。

剃头匠的挑子，系本行业专用，全国千篇一律，皆按清朝初期规定统一打造，并不是随便一个板凳和柜子即可，还有许多说道和讲究，各有各的来历和用途。挑子前头是一个红圆笼，下藏炭炉，上置铜盆坐水，为的是随时都有热水使用。圆笼一侧向上延伸出一个旗杆，长二尺许，杆上悬挂着长条形带子状鐾刀布，约四十厘米长，十厘米宽，下端为把手，担起挑子走起来，宛如旗帜一样飘动，象征着皇帝颁布的剃头圣旨。刁斗旗杆，乃特权与威严标志，意在宣示，勒令剃发，如朕亲躬。挑子后头，是一个四脚八炸红漆凳子，凳腿儿之间全部封闭，有三层抽屉，下大上小，既可为顾客做座位，还可以盛放工具或钱。就连挑挑子的扁担，也有讲究，挑圆笼的那端与红漆小凳那端，绳子盘绕方法都有差别。如果将扁担竖起，凳子那头朝上，圆笼这头绳子盘绕形状酷似剑柄，象征着剃头匠手中握有尚方宝剑。

剃头匠深入农村流动剃头，随身都带一件响器，用划动响声招揽顾客。响器皆为优质钢材制成，长尺余，制法与古乐之簧相似，两侧向外鼓起呈扁弧形，顶点皆呈尖儿状，两尖儿相抵，宛如一短把儿的金属镊子，名曰“唤头”，又名“梭子”。剃头匠手持四五寸长铁棍儿，名曰“拨杆儿”，从“大镊子”中间由下至上快速抽拨，碰动两尖儿颤动，就会发出“嗡嗡嗡”的响声，悠长悦耳，传出老远，只要听到这个声音，人们就知道剃头匠到来，有剃头者可循声前往。但打“唤头”也有规矩，绝不可随意拨动，一是路过庙宇不鸣，以敬神灵；二是过河过桥不鸣，以敬老王；三是遇到同行不鸣，以示谦让，不抢同行生意。

听了剃头匠的故事，村里人对孙文才更加尊敬、信赖，孙师傅对老少爷们儿的服务也更加精心周到，特别是对行动不方便的老弱病残人员，随叫随到，到家免费剃头。

进入 21 世纪，随着国民经济的长足发展，人们生活水平大幅度提高，更加先进舒适的理发馆、美容院比比皆是，随处可见。像孙文才一样的老剃头匠先后辞世，销声匿迹。一个深受欢迎兴隆兴旺的手工行业，也与时俱进，“更上一层楼”。曾经担了二三百年的剃头挑子，也陆续住进了民俗博物馆。

# 成衣匠

20 世纪四五十年代，我的老家小村从没有过做成衣活儿的。平常村里人春秋换季，过年节做新衣服或者谁家小子娶媳妇，姑娘出嫁，做婚嫁衣服，都得跑十里地以外的兰棱镇或者一河之隔的吉林省蔡家沟镇去做。

60 年代初，村里从双城堡街里迁来一个下放户。两口子领着几个孩子。户主王福林，中等身材，刀条脸儿，黑瘦黑瘦的。别看他瘦得像麻秆儿似的，风一吹就能吹倒，却是个手艺人儿，是科班出身的成衣匠，男女老少各种新旧式样的衣服都会做。王福林 14 岁入双城镇“三林家洋服店”当学徒，经过三度春秋的刻苦钻研，出徒考试时考了个第三名，成为一位出类拔萃的裁缝师傅。记得，他还给我讲了古时一个北京裁缝匠的故事。无论何人，经他缝制的衣服没有不合身的。一位当朝御史慕名找他做官服，这位师傅不着急量尺寸，而是先询问官令。裁缝说：“初任高官，意高气盛，身躯往往微仰，衣服应

成衣匠

后短前长；任职稍久，在官场经过磨炼，意气微平，衣服应前后一般长短；如果任职久了，则内心装着的是谦逊，身体往往微俯，衣服就应前短后长。”据说，当时几位县长曾不止一次点名让他给做官服。

新中国成立后，“三林家洋服店”撤出双城堡，60 名缝纫师傅相继在各地开起自家的服装店。王师傅开的第一个店叫“东升洋服店”，由于手艺出众，服务热情，生意兴隆，红红火火。1956 年公私合营，“东升洋服店”归进了“双城百货二商店”，他摇身一变成为一名国营工人。

王福林师傅为人厚道，善良，做衣服价钱公道，质量好，童叟无欺，很快受到村里人的喜爱欢迎。他常说，尺有所短，寸有所长。做衣服，也像做人一样，要有准则。六七十年代，王家岗附近十里八村的人都到他家做衣服，不管大活儿小活儿，春秋换季，过年做衣服，还是出嫁做嫁妆。加工一件上衣一元五角，裤子七角钱，且有钱没钱都给做衣服，有现钱儿的给现钱儿，没有的先记账，到老秋一起结账。困难户、五保户做衣服不要钱。王师傅对谁的活儿都认真对待，说到做到，按时交工，答对得来者高兴，去者满意。遇到年轻人结婚做嫁妆，或者老人病故做装老衣服的急活儿，王师傅就昼夜连轴转，打通宵。每年春节前后是活最多、最忙的季节，王师傅的缝纫机昼夜欢唱，灯光彻夜长明，他宁愿自己苦点累点，从来不让“上帝”留下遗憾。

有时哪个村民干活不注意，把衣服刮破了，去找他缝补，他都会把手中的活计停下，立即帮忙。村里不少妇女到他家去找对颜色的边角料补衣服，两口子都有求必应。对于村里做国旗、党旗、小学少先队旗，还有孩子们戴的值周袖标，一道杠、两道杠、三道杠等公益事情，王师傅都主动奉献，分文不取。

人心换人心，诚心换诚意。长此以往，全村百姓与王师傅一家处得像亲戚朋友一样，和谐融洽，互帮互助。王师傅从小生长在城里，不会种地，大家就主动帮他家种地、铲地、收割、打场。村民谁家有个为难着窄的事儿，王师傅都帮在头里。平时谁家办喜事，都请王师傅去陪客喝酒。每年腊月杀年猪的季节，王师傅是场场不落，天天有人请。叙乡情，叙友情，感恩道谢。

俗话说，同行相轻，教个徒弟饿死个师傅。王福林师傅却不这么看。1977 年至 1982 年，在他的倡议下，王家岗村又建起 6 个人的服装社，收益归村上。他先后带出十多个徒弟，无私地把自己的手艺传给年轻人。

1984 年，60 岁的王福林师傅由于年复一年的昼夜劳作，劳累成疾，心脏病突发离开了人世。他用平凡的一生，诠释了美德情操。时间虽然已经过去 30 多年了，王家岗村百姓仍然怀念他们心中的这位好人。

# 锔锅匠

锔锅匠，专门修补铁锅或瓦陶瓷器的匠人，为早年一种手工业行当。他们平时挑着专用的工具担子，带着一应工具，出村进屯，走街串巷，用晃动敲击小铜锣或吆喝招揽顾客，使用金刚钻在铁锅或瓦陶瓷器裂璺两侧钻孔打进各种型号订书钉或铁锔子，修复破损铁锅或瓦陶瓷器。锔锅匠作为一种民间古老行当，已流传了千百年之久，直到 20 世纪六七十年代，许多农村街道上还经常看到他们忙碌的身影，进入 90 年代以后，随着国民经济的发展，人民生产生活环境发生巨变，做饭用铸铁锅迅速减少，并改以天然气、液化气和沼气为燃料，锔锅匠失去了纵横驰骋的空间，只得陆续改行或退休，淡出人们的视野。

1964 年 10 月中旬，我从阿城师范学校请假回家取棉衣，母亲怕我在学校吃不饱饭挨饿，临走前一天为我炒些爆米花，让我带到学校去打零嘴儿。母亲用砂子一口气炒了五锅爆米花，连烤带累险些摔倒，我急忙扶她老人家进屋去休息。二番

锔锅匠在锔锅

脚我把锅里的砂子收出来，随手倒入两瓢凉水，准备刷锅，谁知好心帮了倒忙，热锅遇凉水，锅底炸开了一道一尺多长的璺，顿时水从缝隙中漏了下去。我当时一看傻眼了，全家人做饭的锅，坏成这样，用什么做饭呢？附近十里八村的供销社很难买到十印大锅。这口锅是父亲坐火车从三岔河背回来的。正在一家人无计可施的关键时刻，传来了“锔锅，锔碗，锔大缸”的吆喝声，我立时飞一般跑出去，把一位姓张的锔锅匠领回家来。他中等身材，长得慈眉善目，家住吉林省榆树县，经常出没我们村来修理锅、碗、缸、盆。

锔锅匠以修补铁锅或瓦陶瓷器为业，养家糊口，维持生计。平时他们挑着工具挑子，进村入屯，走街串巷，为人民服务。其挑子皆为行业使用，独具特色，除一条一米六七长的扁担外，还有前后两个箱子，箱体均为扁方形，高六七十厘米，长四十厘米许，宽二十多厘米。一箱下为火炉风箱，上为抽屉，盛放各种型号钻头和金属锔钉。一箱均为抽屉，用来盛放工具。每个箱子两侧，都用两根人字形木杆夹持，顶端有横木连接，木棱上中间有铁饹铬，用牛皮条儿绕成套儿悬挂扁担，前工具箱横木下垂下两根稍细的金属链子，其中一根链子尾端挂个小铜锣，另一根挂个小铅锤儿，铜锣直径十二三厘米，小铅锤与小铜锣脊背相对。扁担皆为圆槐木加工而成，纹理清晰，细腻柔软，担起来颤悠悠的，前面的小铅锤不停地敲击小铜锣，既像演奏一支美妙的音乐，又像广播喇叭一样招揽顾客。

使用的工具，主要为手拉式钢钻、小砧子、小锉子、小火炉、小风匣和小坩埚。使用频率最大者为钢钻，所有裂璺的铁锅或器皿都要钻孔，用的钻头除锔一般精致钢材打制的钢钻外，还有修补铸铁锅和陶瓷器皿的金刚石钻头，普通钻头是无法钻进陶瓷制品的，民间俗话说"没有金刚钻儿，别揽瓷器活儿"，就是针对锔锅匠行当而言。

只见张师傅选个向阳之地，放下担子，先瞅了瞅破损的大铁锅，然后拿出工具，坐在自带的小板凳上，将一块厚帆布盖在膝盖上做围裙，先用小刷子把铁锅裂璺的地方掸制干净，用一根细长带钩的橡皮绳钩挂在铁锅沿上，小心翼翼缠绕扎紧，用两条大腿夹着，取金刚钻沿璺的两侧，钻出一对对针眼儿似的小孔来，再取出数枚扁平的小锔子，最小者长不过两毫米，用小手锤轻轻敲打，将其一个个小心翼翼嵌入小孔，将璺纹钩紧固定，抹上白膏泥子，锅就修旧如新了。看着修好的锅，我长出了一口气，拎起大铁锅放到灶上。随后，村里乡亲们知道我家来了锔锅匠，也陆陆续续拎着铁锅，抱着瓦盆瓦罐瓷坛儿来修补了。

我边看热闹边和他唠嗑。他告诉我说，最好锔的瓦器，如瓦盆、瓦罐儿等，因其皆为泥土烧制，质量相对疏松，钻眼儿较容易；锔锅和锔大缸硬了许多，但并不太难；最难干的就是锔碗儿、锔酒壶、锔胆瓶等，属于最细致的活儿，器皿不但小巧玲珑，还特别坚硬，必须技术精湛，还要加倍小心。锔出的器皿不仅要严丝合缝，还要整洁美观。锔子有许多种类，最普通的是铁的，较昂贵的有铜的、银的，还有金的。客户经济实力不同，修补的器皿价值不同，锔子质量自然不同。不管是锔大物件还是锔小物件，用铜或铁锔子，结账皆按锔子大小数量算钱。

如果铁锅有微小漏洞不是裂璺，就不能采取锔的方法。先点燃小炭火炉，放上焦炭，拉动风箱，待炉火烧旺，就拿出一类似小茶杯的专用器皿，名曰“坩埚”，从箱屉中捏一点碎铁粉放里面，盖好盖儿，用钳子夹放在炭火上烧烤，过一会儿夹开盖儿，铁粉就熔成铁水，随手倒入一凹型模子里，握着模子把儿猛地扣过去，铁水就一点不漏地扣在锅漏处，按住模子，待铁水冷却后轻轻揭开，锅漏儿就堵好了。以上操作名曰“锢漏”。铁锅和瓦陶瓷器，皆在街上修补，假如修补大缸等体积较大的东西，就要把担子挑到顾客家中修补，遇到村庄修补活计较多时，一天忙不完，就去生产队队址与饲养员做伴，住下来连续修几天才行，早晚买点米面什么的做饭充饥，就解决了吃住问题。虽然比在家艰苦许多，但也乐在其中，因为他们知道自己从事的事业，都是美好的“破镜重圆”。

# 绢花匠

鲜花容易凋零，难保艳丽多姿。双城的绢花却巧夺天工，长留丽卉驻人间。

绢花是人造花中最能表现花朵神韵的一种，它是用丝、缎、绢、纱等高贵材料，由艺人吸收自然界鲜花的形象和颜色，以纯熟的技巧制成的。它足以乱真的姿色，在人造花中傲视群芳。

绢花的产生与满族人的生活习惯有关，满族妇女不分老少都有戴花的习惯。在春天，她们头上要戴野花，到了冬天，只能戴人工扎制的绢花或通草花。双城是黑龙江省满族聚居的地方，共有十二个满族（或锡伯族）乡、镇。清朝中期，每年有不少的商人从河南、河北来贩卖通草花和香囊。正如张光藻《龙江纪事》七言诗中所描绘的那样："闺中人喜佩香囊，通草花多插鬓旁。估客往来南北路，恰如北雁代飞忙。"乡绅富贾都以绢花为贵，平民百姓只能买通草花戴了。在清朝同治年间，双城堡有了两家专门扎制绢花的花铺，是当时全国七家花铺中的两家。现今双城绢花已有二百来年的历史，当时绢花只有头花、瓶花、礼服花和戏剧花四种。新中国成立前，双城绢花只在河北、辽宁、吉林、黑龙江几个省的大城市有少量的销售。当时由于销售量小，艺人的生活极其艰难，致使这种工艺很难得到发展。新中国成立后，尤其是党的十一届三中全会以来，随着人民物质生活的不断提高，对绢花的需求量逐年增大，党和政府对绢花的发展积极给予扶持，使得夭折的绢花工艺越来越令人惊艳了。经过艺人 30 年的改革、创新，绢花突破了过去大红大绿五色花的单调形式，创造出几十种深浅不同的色调，扎制出百余种花样，材料配制也突破了只以绢花为主的单一材料，结合各种花草的天然神韵、风采，兼用绫、缎、羽毛、通草、塑料等各种原料，使人造的绢花能逼真地表现出自然花的神韵。

近年来，设计人经常出入山野森林之中，结合现代各国艺术新潮流，并根据外商的要求，创制大量山野花新品种。各种绢花形态各异，神韵斗奇，使人看了就如置身于自然的万花丛

顾客在购买绢花

中……每年鲜花盛开时节，绢花艺人都到野外观摩描绘，采集标本，有时还就地制作。有一年，刘连增带领4名徒弟到大连棒棰岛观摩鲜花，他看到一丛蔷薇花型美丽、鲜艳，每天观赏几次，夜晚还潜心琢磨，花了一个多月时间终于设计出插花、怀花、帽花、旅游花等100多个新品种，其娇姿丽色，比自然的蔷薇花还美，许多国家客商纷纷争先订购。

双城绢花名扬四海，远销日本、美国、法国、德国、意大利、加拿大。俏丽多姿的绢花凝结着艺人的心血，以它永不凋谢的艺术生命美化人们的生活。

# 刻挂钱儿匠

前几天，朋友聚会小酌，其间提到春节贴挂钱儿的话题，我借几杯酒下肚的勇气，向各位侃起了挂钱儿的来历。

挂钱儿，是中国北方地区贴在门楣、房檐上的一种传统剪纸艺术，叫法有挂签、挂千、吊钱、过门笺、门吊子，是中国民间刻纸艺术品中的一种。由于图案清晰、绚丽，花纹细腻精美，又因图案多为古钱状，故古人才将其称挂钱儿了。挂钱儿，其形状如小幡。新春佳节，北方乡村的人们喜欢并且都很自然地在自家门楣上贴上一排色彩缤纷的挂钱儿，作为新年点缀，借以邀引财源。挂钱儿在乡村最是盛行，除门楣、房檐下，也有把它贴在财神洞、仓库、鸡舍、猪舍和井台上的。

挂钱儿上镂刻着吉祥的图案和文字，上沿贴牢，下面大部分悬空，可随风飘动。挂钱儿和春联交相辉映，呈现出一派浓厚的乡土气息和辞旧迎新的节日景象。

小时候，我最热衷的是忙年备年。八九岁时就和大人学着

刻挂钱儿匠展示作品

剪挂钱儿、画家谱，目的是用卖挂钱儿和家谱的钱去买鞭炮、小灯笼、大块糖等，以获得自己玩乐、解馋虫的开心和快乐。

一位哥们儿见我说起没完，得意扬扬的样子，打断了我的兴头，他说：“大哥，你这点小事儿有什么值得炫耀的，同时期的孩子差不多都有这段童年的经历。你听老弟给你推荐一个玩挂钱儿的能人吧！他刻的挂钱儿誉满龙江，热销东三省。人称‘关东挂钱儿大王’。他就是双城区承旭街道长产村农民闫国喜，因在家中兄弟中排行老三，故而乡亲们都喜欢叫他‘闫三儿’。”

朋友的信息，点燃了我的兴奋点。过后，我四处打听闫三儿。功夫不负有心人，终于在透笼街批发市场七楼闫三儿爱人那里找来了闫三儿的手机号。电话接通后，闫三儿说他在外地催账，无奈我只好通过电话采访，了解了他刻挂钱儿卖挂钱的前前后后。

闫三儿说，他制作挂钱儿的手艺是奶奶早年从“闯关东”的一位山东妇女那里学来的，传到他这代已经是第三代了。

1982年，13岁的闫三儿春节前放假时，就跟着奶奶和父亲学剪挂钱儿。做木匠活的父亲还特意给他做了一把雕刀。最初，尽管他夜以继日地制作，双手也磨出了一层层茧子，也只能刻出五六千张。那时图的是卖钱，过年时买新衣服和鞭炮，满足自己玩乐和虚荣心的需求。后来他把刻制工具改成用脚踩，速度提高了许多，一天就能制作出五六千张，现在他用改造过的机器一天已能制作出一万多张挂钱儿。当制作挂钱儿成了他的事业后，他的挂钱儿图案逐渐形成了自己的特色，从原来的粗糙、呆板，变得鲜明简练，艺术风格各异。其材质也从过去的几毛钱的五彩纸发展到蜡光纸、彩印、烫金、织绒、满金和浮雕。2009年，他更新并制作的《梅兰竹菊》和《风调雨顺》等大幅作品，已经脱离了春节挂钱儿用途，成为市民平时装饰房间、企业开业庆典和青年男女结婚布置新房的艺术品。

闫三儿最早是在双城随着年集市场下乡卖挂钱儿的，走乡串村，顶风冒雪，挨冷受冻不说，效益也不佳。19年前的一天，他拿着挂钱儿来到哈尔滨市透笼批发市场给人送货，得知批发比零售挣钱更多，来得更快。他立即租了柜台，靠着自己的信誉、质量和丰富多彩的样式渐渐名扬东北三省。本省各地市和辽宁、吉林省的客商纷纷慕名而来，络绎不绝。《哈尔滨日报》《黑龙江农村报》等多家媒体的记者曾以《双城农民“闫三儿”挂钱卖火哈尔滨》《双城农民“闫三挂钱儿”火爆东三省市场》为题进行宣传报道。一时间，“闫三儿”成了备受关注的新闻人物，买卖也越来越火，经济收入成番论倍地增长。虽说没日没夜忙忙碌碌苦点累点，可闫三儿的心里像抹了蜜一样香甜。看着一帮帮一队队前来买挂钱儿的人群，大包小裹高兴而来，满意而去，“闫三儿”卖着挂钱儿，嘴里哼着二人转小调《小拜年》，心里有说不出的兴奋，脸上绽放着灿烂的笑容。闫三儿家的小日子也如气儿吹的一样，一年比一年好。他用卖挂钱儿的钱举办了自己的婚礼，盖起了 80 多平方米的砖瓦房，还供儿子念完了大学，又娶了儿媳妇。他除了每年春节前几个月到哈市卖挂钱儿外，平时靠种西瓜赚钱。西瓜卖到北京、上海和大连。许多人都很难理解他那双种西瓜和蔬菜的糙手是怎么制作出这样精美的工艺品的。

日复一日，年复一年，闫三儿的挂钱生意，越干越兴盛。春节前两三个月，闫三儿和他的兄弟姐妹就来到哈市透笼街卖挂钱儿。扣除雇人的工资和进料，租库房、摊位的钱，两个月纯挣几万块钱。

我问闫三儿，现在形势怎么样？他声调无奈地告诉我：我的小买卖也和全国各地的实体商店命运一样，由于大气候的影响，电商的冲击，市场竞争的日趋激烈，一年不如一年。进货的人不如往年多，回款率更不理想，收益明显下滑。我问他今后有什么打算，他嘿嘿一笑说："还能咋样？干了二十来年了，舍不得，扔不下，坚持呗！奶奶临终前再三嘱咐我：'三儿呀，小挂钱儿是咱们闫家几代人相传的手艺，倾注了咱们祖祖辈辈太多的心血和汗水，是它让咱们一家人摆脱了贫穷，日子一天比一天富裕。不论遇到什么艰难困苦，一定要坚持下去，千万别让奶奶失望。'"闫三儿最后信心满怀地表示，"我深信，随着传统文化热的回归，我的挂钱产业还会兴旺发达起来的。"

# 纸葫芦匠

疫情没能阻挡春风浩荡，鲜花怒放，也难禁人们对传统民俗的热爱传承。随着旧历五月初五的逼近，市场上节日气氛愈加浓烈。男女老少在多姿多彩的纸葫芦摊床前争相购买纸葫芦。此情此景，不禁让我想到一个做纸葫芦的匠人。

陈维城是我在哈尔滨民间民俗博览会上认识的一位朋友。他一家几代人都是做纸葫芦的匠人，在哈尔滨道外南小六道街上开个“陈家葫芦”作坊。

对于纸葫芦的来历，他如数家珍地给我讲了一个故事。传说天神要降灾于某一村庄，打算于五月初五这天从空中向村里投撒毒药。村中有一善良的青年，天神不愿让他受牵连，便提前教他避灾的方法，即在那天日出之前做一些纸葫芦挂在门窗屋檐下，就可以躲过此难。善良的青年人不顾泄露天机会变成石人的告诫，将此消息告诉了全村父老乡亲。结果，家家都悬挂了纸葫芦。五月初五这天，天神撒的毒药全被这些纸葫芦收了进去，村里人都免受了灾害。可是，泄露天机的青年人却于当日化为一尊石像。人们感激他、纪念他，从此，便兴起了端午节挂纸葫芦的习俗。

纸葫芦是用各色彩纸折叠而成，有方形、圆形、菱形、四角展翅等多样形状。葫芦下面缀着五彩纸穗，十分精巧美观。

葫芦谐音“福禄”。每逢端午，家家户户门前、院内、檐下、室内都挂上葫芦，五颜六色，鲜艳夺目，既营造了节日的喜庆气氛，又能保佑全家一年吉祥、幸福。做纸葫芦也成为一种民间工艺。

陈师傅从小受祖父和父母的耳濡目染，七八岁就学着做纸葫芦，是当年岁数最小的“葫芦娃”，干这行已经 30 多年了。如今，他早成为一个制作纸葫芦的行家里手了，是“陈家葫芦”的掌门人。他告诉我，每年端午节前是全家最紧张、最忙碌，也是最开心快活的日子。虽说起早贪黑，苦点累点，但是看着自己亲手制作的纸葫芦这么受欢迎，一箱箱被络绎不绝的客商拉走，心里有说不出来的欣喜自豪。按常规，每年春节过后二月二，各地客商都要来看样品、订货，因此，端午节一过就得抓紧筹备下一年的纸葫芦。选纸、印染、晾晒、轧型、裁绳、做褛……每一道工序都很费时。做纸葫芦这活儿几乎一年到头都闲不着。去年端午节前夕，在“陈家葫芦作坊”内我曾看到，十几平方米的小屋里挂满各式各样的纸葫芦。工作台前陈老板和几个工人正在进行制作纸葫芦的最后一道工序“粘葫芦”。只见工人们将葫芦穗挂在一个矿泉水瓶上，熟练地将葫芦的一侧放在糨糊上，在葫芦的另一面也抹上糨糊，随后用手一拽将纸葫芦拉开，再围着绳穗绕一圈，最后，将纸葫芦两面合上，一个葫芦就粘好了。陈师傅一边干着活儿，一边介绍：

葫芦匠在捏葫芦

"做纸葫芦看似简单，其实是个技术活儿，一拉一粘力道要恰到好处。力度掌控十分重要，比如将纸葫芦拉伸开，用力过猛容易拉坏，黏合时捏得劲儿太大，则容易使葫芦变形。为了确保纸葫芦产品的质量，我把粘小葫芦的任务，交给从事一年以上的新工人，把难度大的粘大葫芦或大花篮儿的任务安排给有经验的老匠人完成。一个普通工人一天能捏两三千个葫芦，成手工匠一天最多能捏五千个。"

陈维城在哈市道外南小六道街生活了 50 多年，目睹了"纸葫芦一条街"形成发展的过程。谈起这个享誉省内外的商业街，他一脸兴奋与自豪。老道外制作纸葫芦的习俗是以南小六道街为中心发展起来的。20 世纪 80 年代，我们和哈尔滨制花厂是邻居，在厂里制花老工匠们的影响帮助下，一家家的男女老少都跟着学做纸葫芦。一来二去，都变成了纸葫芦匠。屈指算来，哈尔滨的纸葫芦已有百余年的历史了。这门手艺最初出自手工画匠，后来演变为今天的纸葫芦工艺品。品种从当初的"老三样"发展到现在的近百种。随着生意一年比一年红火，纸葫芦作坊也越来越多。整条街上的作坊和经销店铺最多时达到五十多家，每年可制作上千万个纸葫芦，销往东北三省，最北卖到北极村漠河，也曾远销至河北、山东等地。南小六道街、丰润街这个地方逐渐成为东北地区最大的纸葫芦生产基地。

陈维城讲得有声有色，我也听得心情激动，我问他：近年来形势如何？陈师傅打个哎声，说："如今只剩十余家商户了。一个原因是老城区改造，有的商户在附近找到了新铺面；另一个原因是很多商户都改行不干了。南小六道街只剩我们一家了。除了受人工、纸张、染料等价格上涨，以及老艺人减少，传统手工艺无人继承等因素的影响，南方机械批量加工的低成本塑料葫芦的大量涌入，也对行业造成了冲击，制作一个纸葫芦纯利润只有几厘至几角钱。现在后继无人的现象特别明显，在我这干活的人都是50岁左右的，年轻人都不愿意干。以前这些纸葫芦作坊家家都有自己的独门手艺，如今却面临青黄不接的困境。前几年我也想收徒弟，但是学的人太少。"陈维城表示：如果自家的孩子不接着干，那可真要失传了。端午节挂葫芦是民风民俗，是老祖宗留下来的宝贵文化遗产，真希望多年以后这门传统手艺不要失传。

# 秫秸灯匠

又到组织新春灯展的时候了，为了调查摸清双城堡秫秸灯的历史及发展情况，我欣然加入了征集彩灯的行列。腊月清晨的古堡，到处是银装素裹，参差不齐的建筑物被装点得如琼楼玉宇。我和文化馆的副馆长温宏德，骑着自行车走在如诗如画的文昌大街上，边走边唠着被称为灯痴的郝玉兴的传奇故事。老温介绍说："郝玉兴原来是工艺灯的作者，已经在全县灯展中连续七八年夺魁啦！后来，他发现老艺人卢青山用箭杆梢儿能扎出如此玲珑奇妙的灯来，被老艺人高超精湛的技艺折服了，决心拜师卢师傅门下，学扎秫秸灯。自此，他一年四季不怕严寒酷暑，只要有工夫就往卢家跑，虚心求教选料、制作技术，回到家便一头扎到小屋里揣摩实践。没有原料，他利用班前班后、星期天骑上自行车走村串户去收箭杆梢儿，有时还发动农村的小孩儿帮助买箭杆梢儿。每根一角钱，这些年来他光买原料就花了几千块。"

秫秸灯作品——黄鹤楼

说话搭理儿，不知不觉地来到了郝玉兴家，女主人热情地把我们领进了老郝的“工作间”。这是一间仅有几平方米的偏厦子。我们立时被这屋里的气氛感染陶醉了。呵！棚上墙上挂着各式各样的秫秸灯，有角灯、宫灯、转灯、扇面灯、绣球灯、古楼灯、塔灯……简直像置身秫秸灯的世界，一盏一盏，精工细作，异彩纷呈，让你一饱眼福，给人美的享受。炕上摆放着黄鹤楼灯的半成品，还有不同规格的箭杆梢儿，老郝正聚精会神地照着图纸在精心制作。看见我们来了，老郝赶忙站起身放下手中的箭杆梢儿，递过灯的设计图和一叠彩色黄鹤楼照片和图片：“欢迎二位来光临指导，快看看我的作品造型、结构合不合适？像不像黄鹤楼？”我自知指导不了，就推荐道：“温馆长，你是师范大学美术系毕业，有经验，是行家，快帮大哥参谋参谋吧!”老温擦擦眼镜，瞅瞅图片，又端详一阵儿 1.2 米高，直径 50 厘米宽的黄鹤楼秫秸灯，赞许说：“像，太像啦，不仅造型准确，结构合理，而且是惟妙惟肖。”老郝听完满意地嘿嘿一笑：“那我可就照你们的意见干了，保证按时交作品。”接着，我问老郝：“大哥，扎这盏灯费了不少心血吧？”老郝给我们说起了扎灯的经过：“为了扎这盏灯，我光制图备料就倾注了三个春秋的心血，几次借公出机会去湖北省搞调查研究。黄鹤楼的结构造型，高矮宽窄，每节多少根柱子，我都吃进肚子里啦，光图片和照片就搜集了几百张。这张图纸老温和卢师傅没少出主意，也是十易其稿才定下来的。图纸敲定后，我又从1988年起在附近农村包了两亩地，连续种了3年密植高粱。头一年小苗长到一拃高的时候，老伴到地里一看，见小苗密密插插，怕到秋打不出粮食，就动手间上苗啦，亏我发现得及时，把她吆喝住了，不然就坏了我的大事儿啦!”说到这儿，他斜了一眼站在身边的老伴，风趣儿地说：“只为这件事儿，我们老两口子30多年头一次吵架，你大嫂委屈地说我没良心，不懂好赖，几天没给我好脸儿，差点和我拜拜。”

郝大嫂用眼睛使劲儿瞪了他一眼：“真没正形，还腆脸儿说呢!”老郝抽了口烟接着告诉我们：“每年秋天高粱梢拉回家，我用千分游标卡尺一根一根量，一根一根选，然后分类装到牛皮纸口袋里，放到温度和空气适宜的地方阴干着，最后从三万多根中，选出现在的一万多根，你看，连颜色都是一水水的象牙色。我估计从扎制开始到完工，也得五六个月时间。”听了这些，我从心底佩服老郝的钻研精神，不由脱口而出：“真是达到痴迷的程度啦!”

提到入迷，郝大嫂还给我们讲了一段他俩的罗曼史：“老郝年轻时就迷上了做彩灯，有一天媒人和他约好上午九点到我家相亲。可是，他一做上灯，忘了这码事儿，我妈左等右等不见人影儿，就领着我和媒人来找他。结果咋样，进门一看，人家像没事人儿似的专心致志做灯呢，我们都快碰他鼻子尖儿啦，他才知道屋里来人了，头没抬活没停地反问道：‘你们找谁呀?’我妈一看，气得拉着我的胳臂就往外走，边走边说：

‘这人有病，是痴呆症吧!有姑娘也不能嫁给他。我这辈摊上你爹那个魔怔就够遭罪的了，再找个这样女婿，我就更热闹啦!’媒人看他这个德行，也哭笑不得，婚事只好作罢。可万万没想到，无巧不成书，转过年春节文化馆搞灯展，我娘家老爹和老郝做的彩灯，双双获得了一等奖，爷俩儿又喝酒，又交流经验，唠得挺投机。我爹见他有心劲，日后错不了，就又硬别着把我嫁给了他。”

老郝听完既得意又自豪地对老伴说：“是鸳鸯棒打不散嘛，要不是灯做媒，能娶上你这么好的媳妇吗?”一句话，说得老伴红头涨脸，逗得我俩也笑了。

正月十五双城市第十届新春灯展开展那天，宽敞的展览大厅里挤满了参观的人群。在数百盏多姿多彩的花灯作品中，老郝的黄鹤楼秫秸灯鹤立鸡群，独占鳌头，以它那独具匠心的设计，巧夺天工的制作，精美奇妙的艺术丰姿，赢得了男女老少的青睐。一个栩栩如生、活灵活现的黄鹤楼展现在观众面前，给人们身临其境之感，真像来到了巍峨雄伟、斗翅飞檐的黄鹤楼下，听到了风铃在叮咚作响。据文化馆的温馆长讲，他前几年曾在北京艺术馆参观过一次全国性的灯展，展出的作品还不如这盏灯的水平。难怪前来采访的记者和参观的朋友们“咔吧咔吧”紧劲拍照，要留下这美的纪念。就连一位加拿大朋友也慧眼识珠，为这盏灯直伸大拇哥，赞赏地喊着 OK、OK，围着老郝要花高价买这盏灯，可老郝愣是不打拢，他告诉老外说：“我扎灯不是为了卖钱，而是个人爱好，为了继承弘扬祖国民族民间工艺。这盏灯，我要把它送到亚运会，让外国人看看中国人的智慧和才华，从心里佩服中国人。”后来，听说这盏灯真的奉献给亚运会，老郝的崇高愿望实现了。当振奋人心的消息传来，他激动得手舞足蹈，举着酒杯逢人便说：“来，干杯，为我祝贺!”谁能料到，在这个高兴的时刻，他的心脏病突发。弥留之际，他的眼前不断地幻化着五彩缤纷、形态各异的秫秸灯，是那么的绚丽耀眼，那么的光辉灿烂。老郝就这样含笑满意地走了。

虽然老郝已经离开我们几年啦，但是，灯痴的动人故事还在小城流传着，他对艺术执着追求的精神永存!

# 秸秆扎刻匠

20 世纪 90 年代初，我在《哈尔滨日报·双城新闻》工作时，又发现了一位扎制秫秸艺术品的新科状元，他用秫秸梢儿（也叫箭杆梢儿）扎制的航空母舰、巡洋舰、驱逐舰、护卫舰惟妙惟肖，如真的一样，令人称奇。其作品在哈市第一、二届民间民俗博览会上被连续评为“十佳精品”，他个人也被评为

秸秆扎刻匠刘鑫

“十佳艺人”，多次受到奖励。他就是双城油米厂下岗职工刘鑫。我几次到他家采访，看到他家的面橱柜里，摆放着一件件栩栩如生的作品，有飞机、坦克、军舰、装甲车、楼房、宝塔等，足有100多件。

1960年，正是三年困难时期的第一年初春，刘鑫出生在一个普通市民家庭里。这样的生存环境，使他从小就养成了自强自立、不畏困苦的性格。1969年，刘鑫在双城第五小学读书，1975年升入第二中学念初中。少年时的刘鑫认真学习各门科学知识，经常得到老师和同学们的好评。此时，他对美术产生了浓厚的兴趣，偶然一次，他参观了市文化馆举办的新春灯展。多姿多彩、琳琅满目的彩灯，深深地吸引了他，并在他幼小的心灵中埋下了艺术的种子。从此，刘鑫利用业余时间，从事各种艺术创作，并一发不可收拾，这为他日后的秫秸灯扎制打下了坚实的基础。

1979年8月，初中毕业后，刘鑫被分配到双城县油米厂上班，成为一名车间工人，虽然工作平淡而枯燥，但他整天在车间钻研，每日三班倒。经过一段时间的艰苦努力，他很快掌握了生产上的技术，始终默默无闻地工作。1986年刘鑫结婚后，三口之家其乐融融。为了生活，他下班后又去蹬三轮车挣钱添补家用。尽管忙忙碌碌，可他没有放弃对艺术的追求，稍有空闲就一头扎到自己的小天地里，忙得废寝忘食。妻子心疼得不高兴，直叨叨。功夫不负有心人，当刘鑫的作品于1999年至2004年连续五届获得哈尔滨市民间民俗艺术博览“十佳艺术”和“十佳作品”奖励时，刘鑫的心里比吃了蜜还甜。尤其是双城宣传、文化口领导的重视关怀，给予了他极大的鼓舞。同时，他也得到了妻子的理解和支持。这些，更坚定了他对秫秸艺术的追求，对人生意义的深刻理解。2002 年，由于连续劳累，刘鑫患病住院。即使在住院治疗期间，他还坚持创作，并且力求创新。正是缘于他不懈的奋斗，不断创新，作品从小到大，最长的作品有 1.5 米和 2 米不等的航空母舰、驱逐舰、战舰等。我问刘鑫：你为什么要扎航空母舰系列？他说：这寄托着我的一个心愿，那就是希望祖国的军事实力尽快强大。小时候，经常听老师讲，中国的军事实力不行，所以历史上经常遭外敌侵犯。在我的心灵中便产生了要扎一组秫秸灯，让人们在观赏艺术的同时，受到一次爱国主义教育，激励国人拼搏奋斗，让国家的军事实力早日强大起来。为了扎好航空母舰系列，我除了到图书馆去看军事画，有时自己也订些军事刊物，不厌其烦地画草稿，修改图纸。定稿后，又骑着自行车到城乡各地去倒腾秫秸梢儿，整整用了三年的业余时间，费了九牛二虎之劲，是星星和月亮陪我扎制完成了这组作品。

与此同时，刘鑫对小型作品做了精细加工修理，飞机、坦克、仿古建筑、清末蒸汽火车等等，都倾注了大量的心血。为了筹集作品材料，他求亲靠友帮助，作品材料主要是高粱秸(俗称“箭杆梢儿”)，由于种高粱的一年比一年少，这种东西十分不好淘腾，要求高，需要一水水，标标溜直儿，一般粗细，颜色深浅还要一致。有时花钱买都买不到。每年秋天，刘鑫骑个破自行车四处奔跑，弄回来的箭杆梢儿经过挑选，用牛皮纸包好，放到通风良好的小棚子里阴干。为了使作品精益求精，他又采用了苞米粒儿、黄豆、绿豆、红豆粒对作品进行装饰，使其更加完美。由于家里生活困难，刘鑫白天出门打工，挣钱养家糊口，只能利用晚上时间制作，有时停电，就点蜡进行，手指被刀和钉子不知划破多少次。妻子和孩子心疼地埋怨：图稀啥呢？不顶吃不当喝，又不能赚钱花。刘鑫经常忙到半夜，虽苦也有乐。新闻媒体多次宣传报道，作品连续参加各种展览。面对诸多荣誉和赞扬，有人问他：你生活那么辛苦，又自筹材料，花那么多费用，值吗？刘鑫笑着回答：值，太值了！为了理想和追求，为了传承民间民俗艺术，我愿意坚守下去，把祖宗留下来的艺术，不断发扬光大。如果条件允许，我还要做两件事儿：一是留住乡愁，扎一组双城堡十大古建筑，如承旭门、魁星楼、火车站、四野旧址纪念馆、老爷庙、韩斗瞻陵园、双城文庙、文昌宫、前后将军府；二是走进中小学校，到课堂上去教孩子们扎秫秸灯，让老祖宗留下来的秫秸灯艺术一代一代传下去。

# 休闲与娱乐

# 风筝匠

风筝发明于春秋时期，至今已有 2000 多年。相传“墨子为木鹞，三年而成，飞一日而败”。到南北朝时，风筝开始成为传递信息的工具；从隋唐开始，由于造纸业的发达，民间开始用纸来裱糊风筝；到了宋代，放风筝成为人们喜爱的户外活动。宋人周密在《武林旧事》中写道：“桥上少年郎，竟纵纸鸢，以相勾引，相牵剪截，以纸绝者为负，虽此小技，亦有专门。”“鸢”就指风筝。北宋张择端的《清明上河图》、苏汉臣的《百子图》里都有放风筝的生动景象。风筝是世界上最早的重于空气的飞行器，本质上风筝的飞行原理和现代飞机很相似，绳子的拉力，使其与空气产生相对运动，从而获得向上的升力。

风筝自从进入民间，成为大众的娱乐工具后，不断糅进深厚的中华文化内涵。受其熏陶，在传统中国风筝的命名上随处可见吉祥寓意：“福寿双全”“龙凤呈祥”“百鸟朝凤”“麻姑献寿”“百蝶闹春”“鲤鱼跳龙门”“连年有鱼”“四季平安”等，这些风筝无一不表现着人们对美好生活的向往和憧憬。

修本海是双城传统手工风筝的传承人，从七八岁起就跟着祖父、父亲学做风筝，至今已 70 年了。提到放风筝的历史，他滔滔不绝、如数家珍。双城地处松嫩平原，属于中温带大陆性季风气候。一年四季除了少数雨雪天，大多数天气晴朗并伴有三级左右的风力，非常适宜放风筝。早在三百多年前，双城各地就流行放风筝，被誉为“风筝之乡”。家乡的人们热衷于放风筝，随着生活水平的逐渐提高，越来越多的人成为放风筝的爱好者。

北方二月，春风拂面，万物复苏。憋闷了一冬天的大人、孩子纷纷走出家门，放飞风筝，拥抱春天。

每年正月十五元宵节，也是双城人的风筝节。文化部门顺应民意，举办一年一度的风筝比赛，迄今为止，已成功举办 36 届了。这一天，体育场，笑语喧哗，人头攒动。来自城乡近百名风筝爱好者带着自制的风筝作品前来参赛，展示才华，一比高下，看谁的风筝新颖漂亮，看谁放得高，放得好。一百多件多姿多彩的风筝遨游在空中，五颜六色似飞翔的花朵美丽绽放。顿时，天上好似一个百花盛开的大花园。

双城的风筝多出自文人之手，彩绘雅致，也有的是民间艺人制作。他们吸收木版年画的优点，构图饱满，色彩鲜艳。修本海一家老少几辈齐上阵，不仅继承了老一辈传授的经验和制作技巧，也渗透着自己对十二生肖的直观感受和审美习惯，无拘无束地表达设计理念。制作的风筝无论是造型用料，还是色彩的配制和风格，都融入了浓厚的乡土气息。风筝的形象逼真，形式多样，风格粗犷，具有传统特色。同时，在注重传统工艺的基础上，融入现代的新材料，造型简洁、明快，精致巧妙，具有鲜明的时代性。

说到传统风筝的制作技艺，他概括为四个字：扎、糊、绘、放，简称“四艺”（即扎架子、糊纸面、绘花彩、放风筝）。但实际上这四个字的内涵要广泛很多，几乎包含了全部传统风筝的技艺内容，如“扎”包括：选、劈、弯、削、接；“糊”包括：选、裁、糊、边、校；“绘”包括：色、底、描、染、修；“放”包括：风、线、放、调、收。而这“四艺”的综合运用需要达到很高的设计与创新水平。如蜻蜓状、蝴蝶状等，说起来简单，但是要将几厘米的竹子条均匀地劈成若干份，每片不过5毫米左右，却相当考验技巧了。

放风筝

无论风筝的结构怎样变化，匠人的制作过程均可分为四个步骤。划，即破竹子。划竹子之前要先选竹子，最好选竹节直的、两三年之上的竹子，太嫩的竹子弹性不好。竹子是制作风筝骨架的主要材料，可选取壁厚3～5厘米的竹子削成竹片，利用竹片的韧性做风筝的骨架。风筝的骨架可根据个人爱好来编形。七段等分论条架，两膀对扎半圆形，中腹应按双分计，尾竹上端中线寻。下端长短如何定，横设架子首尾千，托纸中间方四块，两膀各四必相亭。头部迎风腹为主，冕竹要软好泻风。裆肥纸阔单面软，迎风不会左右摆。

扎，即扎骨架。风筝架子多种多样，扎法各有千秋，一般来说掌握了硬翅风筝、软翅风筝和拍子风筝架子的基本扎法后，就可以自由变化，扎制各种风筝了。前辈艺人们在扎风筝中总结了丰富的经验，有的还编成了歌诀。例如扎硬翅胖沙燕的口诀是："胖燕四四法最新，一头一腹一尾根。亡条平直须坚硬，下条扁软势随形。"

糊，即贴外形。糊风筝的原料有纸、矾绢及薄绸等，可依风筝形式确定。糊风筝时，先比着架子剪料，略比架子大些，边缘部分剪开一些口子，在边缘涂糨糊后，依次把剪开的边缘糊在骨架上。糊法有两种：一是贴在竹条的四个面上，叫包边；二是贴在竹条的两个面上，待糨糊干了之后，用刀把多余的纸裁下来，这种方法叫裁边儿。风筝可以先糊后绘也可以先绘后糊。因为风筝的彩绘图案多是对称的，为了使图案对称一致，一般是先绘后糊。先把各部分的纸剪好，彩绘、阴干、熨平，再糊到架子上。彩绘时，各部分衔接处图案不画金，留出一些空白，糊好后再把衔接处的图案补画整齐。各种风筝的具体糊法也各有不同，例如：沙燕风筝先糊两膀，再糊两腿，最后糊头、腹；米字风筝也是先糊两膀；拍子风筝用平贴法糊纸；等等。

绘，即描彩。色彩以红、黄、蓝三原色为基础色，重笔浓抹，色调明快，浑朴，在对称中达到强烈的美的视觉效果。一位西方艺术大师曾说过："要懂得用最少的颜色，如果该用七个颜色，你却用两个表现时，那你的本事就更大了。”民间风筝匠人或许并不知道这个道理，但对风筝的构图和彩绘，却正是这样做的。他们尽量少用色，以块色为主，非常鲜明地突出了民间艺术色彩单纯而浓郁的特点。

“现在虽然可以在市场上买到风筝，但那已是现代化工厂的生产成品了。民间很难见到像我们修家手工匠人制作的风筝了。”修老人家不无自豪地告诉我们，修家的传统手工制作风筝的技艺，不仅没有失传，而且是五代传承，有新的发展。“多少年来，我们把制作和放飞风筝当作一家人生命的一部分，从中享受无限乐趣。为了传承风筝文化，克服了种种困难，排除各种阻力，表现出超凡的精神和毅力。1976 年在一次民兵训练中，我不幸被炸药炸伤，失去了左手食指，右手食指只剩一节，在这种情况下，我也没放弃追求和爱好，坚持用残疾的双手制作风筝。两只手上经常鲜血淋漓，亲属和朋友都劝我不要做了，老伴心疼地和我吵架，可我硬是在痛苦中坚持下来。儿孙们见我如此痴迷，感动之余也支持我，并参与其中。我们一起制作蝴蝶、燕子、八角、八卦、飞机，从小物件到几十米长一百节的蜈蚣，再到长 252 米 468 节的串桃。修家风筝形象美观，在工艺制作上精工细做，追求完美统一，受到人民群众的高度好评，在双城风筝比赛活动中几乎年年夺冠。我为儿子、孙子、孙女积极支持参与制作那么多好作品而欣慰，也为社会上还有这么多志愿者为传承民俗文化做贡献而高兴。”

# 钓鱼匠

从小在江河两岸长大的我，对于钓鱼并不陌生。孩童时代，我就和大人学着打鱼摸虾。那年月，农家日子贫穷，吃不着大米饭，白面馒头也少见，一年到头苦熬干修。看到村里有人到河沿儿去整鱼解馋虫，改善家人伙食或者招待亲戚朋友，我们羡慕至极，馋涎欲滴。每逢兰棱河涨大水涨到屯子边上，拦河坝外变成一片汪洋，各种各样的鱼都被冲到这里。这是我们小孩子们大显身手的最好时机。几个小伙伴组成钓鱼队，扛上一捆手指头粗细的柳条棍子做鱼竿儿，用母亲的纳底绳子当鱼线，秫秸棒棒做鱼漂儿，带上从屯供销社买来的不同型号的鱼钩，下上蚯蚓或大绿虫子，甩到水里，等鱼咬钩。那年月，钓鱼可真过瘾，钓得快，钓得多，一会儿工夫就钓上一土篮子鱼，孩子们站在大坝上兴奋地喊着家里的父母来取鱼。

后来，我到外地念书，继而上班工作，离开了村子。由于现代渔具越来越先进，生态破坏严重，鱼也越来越少，偶尔钓几次，也是扫兴而归，索性金盆洗手，不参与钓鱼了。

钓鱼匠（陈志佳作）

尽管几十年不务此道，但出于写文章的需要，还是十分关注那些钓鱼有瘾的人，先后跟踪了几个目标人物，可惜没捕捉到理想的对象。俗话说：有心栽花花不放，无心插柳柳成荫。2018 年 5 月的一天上午，初中老同学张静华到区老科协来找我和赵力田，说是带我俩去取鱼。我们一时成了丈二和尚——摸不着头脑，稀里糊涂跟他上了车。20 分钟后车停在了一个鱼池边。这时，我俩才恍然大悟，原来是请我们去钓鱼。那天，春风很大，刮得池水波翻浪涌。我问静华：“这么大风能钓吗？要不改天再说吧！”他胸有成竹，饶有风趣地说：“老兄，老太太不吃猪肉——你就来肝（竿）吧。”只见他在鱼池四周仔细端详一圈儿，然后便选择了东北角向阳之地安营扎寨，放下小马扎凳子，拿出鱼竿和鱼食。说时迟，那时快，转眼工夫他已将下好鱼饵的钩甩进水里。我和力田各有分工，他拿起一个抄罗子，准备抄鱼，我的任务是负责把装着鱼的网兜放入水里，看着别让鱼再跑了。说来也真神，说话唠嗑儿的工夫，只见一条一条大鱼争先恐后乖乖前来报到。张静华和司机吴师傅像比赛似的，你一条他一条不断流儿地往上拽，忙得我和赵力田不亦乐乎。大约半小时工夫，两个人就钓上20多条一二斤重的大鲤鱼，一过秤整整25斤。看着可喜的收获，我俩佩服地称赞道："老同学，你对钓鱼果然有研究，如同探囊取物一般，真不愧是了不起的'神钓'。"司机小吴听了，在一旁补充道："这算啥呀，此次钓鱼是我们垂钓生涯中的一次小胜利，比它更喜人、成果更辉煌的战役多的是，百八十斤是家常便饭，最多、最壮观的时候，都能达到千八百斤。钓得鱼池老板心惊肉跳，见我们就躲，一个劲儿后悔，不该答应他们来钓鱼。"中午吃饭喝酒时，我有意启发老同学谈出了多年积累的钓鱼诀窍。

张静华的父亲张朝选就是兰棱镇一带垂钓的高手，人送外号"老钓翁"。俗话说，龙王爷的儿子会浮水。静华从小受父亲的影响，对钓鱼也产生了浓厚的兴趣。十几岁时有一天，趁老爷子酒醉睡觉之机，他把鱼竿鱼饵偷出来跑到兰棱河去钩鱼。谁知出师不利，不仅没钓到鱼，反而一不小心，让鱼钩把耳朵刮出了血。他不敢回家，怕父亲责骂，忍着疼痛，捂着耳朵跑到亲属家，进行简单包扎处理，趁黑天溜回家去。尽管这样，丝毫也没有动摇他学钓鱼的念头。

谈起钓鱼的经验，他口若悬河，滔滔不绝，把一年四季在什么水里钓什么鱼，怎么钓鱼，用什么鱼饵，说得明明白白，并编成了顺口溜儿。他说，在淡水里垂钓，关键是分季节，看风向，选钓位。"春钓向阳滩，夏钓深水湾，秋钓河边草，冬钓凿冰窜。"在海水里钓鱼则是："海钓必用船，钓大靠岩湾，鱼饵要选对，趟趟奏凯旋。"鱼饵是垂钓成功的保证，如何选饵料呢？得根据水域用不同的料。海钓要用沙滩上的海蚯蚓或者各种小鱼。在淡水里垂钓，多用传统的饵料——蚯蚓，如今人们也在渔具商店购买面食颗粒。也有人自制鱼饵，专钓鲢鲤，除了要研究鱼爱吃什么，还要知道鱼在什么水层，根据季节变化，分别下料。具体做法是购买雏鸡饲料一袋，面粉、白糖各半斤，另加白粉和雪花粉各两袋，用清水调匀后放入两层塑料袋里，将袋口扎紧放到阳光下暴晒三天促其发酵，直至发至出臭酸味儿即可使用。

俗话说，人吃五谷杂粮，鱼亦如此。“萝卜白菜，各有所爱”，鲤鱼吃香，鲫鱼吃脏，鳙鲢吃腥臭，黑鱼鲇鱼吃活物，例如蚂蚱、蜻蜓、虫子、蚯蚓等。其他鱼类吃西瓜、黄瓜、火腿肠……在活水区域垂钓时就地取材往往也能取得奇效，比如钓鲢鱼没有现成饵料时，就可以用倭瓜或西葫芦的叶茎，去掉毛刺儿后用小刀切成半寸长，用浮漂下钩，无论夜钓、走钓，百发百中，无一失手。

听了张静华一堂垂钓课，勾起了我对钓鱼的兴趣，恨不得立马扛上鱼竿重返兰棱河，加入垂钓的行列。

唠起钓鱼的感想，张静华告诉我们：垂钓者的最高境界不是钓鱼本身，而是天人合一，手握鱼竿儿钓人生，在休闲中求快乐，悟人生。几十年来张静华钓的鱼不可计数，除了朋友请钓的之外，他自己每年都要花一万多块钱，这些鱼95%还是亲朋好友帮他吃了。钓鱼不仅让张静华悟透了人生，钓来了开心快乐，也为他钓来了脑血栓后遗症的逐年好转。我们祝愿他早日恢复健康。

# 说书匠

去年冬，在乔迁高层新楼整理书籍的时候，发现了几本父亲为我抄写的小唱本《王翠英观花》《孔雀东南飞》《张郎休妻》。这是父亲留给我的精神财富。透过清秀工整、亲切熟悉的字体，睹物思人，我又想起了父亲为村里乡亲们说书唱曲的往事。

说书匠在表演

记得那时候，偏僻乡村文化生活极度贫乏。乡亲们缺书看，也少有娱乐活动。虽然偶有外地民间艺人来村里唱皮影，演二人转，但也难以满足村里人的文化需求。特别是冬季天短夜长，更是难熬。父亲王金铭19岁时与叔父王金柱及本家哥哥王仁山在蔡家沟小学优级毕业回来，成了村里当时的文化人儿啦。为了满足乡亲邻里对精神文化生活的渴望，他们自觉自愿地当起说书先生，用现在时髦的话说就是文化志愿者。平时，我家就成了说书馆儿或娱乐中心。三个人轮班上场，义务说书。从此，小村的农家院炕头便成了他们表演的舞台。每天晚饭后，男女老少从四面八方向我家会聚。少则十个八个人，多则几十人。炕上地下挤满了听众。煤油灯一点，就开书了。奶奶和母亲是服务员，事先烧好一壶开水，水壶坐在火盆上，喝水的小碗放到柜盖儿或窗台上。烟笸箩里放好蛤蟆烟和纸，供听书的大人享用。说的大书主要有《岳飞传》《杨家将》《胡家将》《三国演义》《水浒传》等。“文化大革命”前后，随着形势的变化，说书人便配合进行革命传统教育，说些红色书籍，如《红岩》《铁道游击队》《野火春风斗古城》《林海雪原》等。我真佩服父亲的记忆能力，成本大套的书，他竟记得滚瓜烂熟，在借不着书的时候，他就背着给大家讲。有时候，按着听书人的要求，也换换口味，唱些小唱本儿，如二人转《丁香孝母》《鞭打芦花》《岳母刺字》《李三娘教子》《张郎休妻》。虽说和专业说书先生及二人转演员的表演不能相提并论，但也深受欢迎。听书人的情绪随着书中的故事情节而变得喜怒哀乐，有时笑得前仰后合，有时哭得鼻涕一把泪一把。对举德扬善的好人或除暴安良的英雄豪杰报以热烈的掌声，对不忠不孝坏事做绝的坏人恨得咬牙切齿。

随着时代的前进，父亲的舞台也在拓展，由家庭讲到田间地头、鱼窝棚，甚至到生产队队部去讲。父亲说书唱唱本儿的技巧和本领也在实践中日渐提高。对不同身份的人物，他采用不同的声音包装，还不时加进枪炮、锣鼓、唢呐、鸡鸣狗叫声等口技绝活儿，把人物塑造得惟妙惟肖，形象逼真，富有感染力。故事的扣子也越来越紧凑，悬念更抓人心。可别小瞧这说书唱小唱本的功效，它不仅为父老乡亲消除疲惫，消愁解闷儿，带来开心快乐，增强战胜艰难困苦的勇气和过好日子的信心，更重要的是通过传统文化的教育，让村人，特别是青少年一代，懂得了“百善孝为先”“忠厚传家远，读书济世长”的道理，引领青少年孩子奋发图强，刻苦读书，走出小村，实现更大的理想，改变人生命运。应当说，我是最大的受益者，在父亲说书、唱小唱本儿的潜移默化中，我提高了读书兴趣，坚定了人生信念，走上了文学艺术创作的道路。父亲是我读书写作的引路人、启蒙教师。后来，我真的通过努力，实现了梦想。1972 年 3 月，我走进了双城县剧团，当上了专职编剧。每当看到我的曲艺作品有机会在专业剧团舞台上演出，登上大雅之堂，或者小说、散文作品在报刊发表获奖时，父亲都喜形于色，逢人便说：“我的儿子真给我们王氏家族增光，争气了。”有时，父亲还告诉母亲做几个菜，他喝几盅酒庆贺庆贺。一来二去，他老人家成了我的忠实“粉丝”，拿着我创作的二人转《猪八戒拱地》《猪八戒重游女儿国》《巧劝妻》《新姐妹易嫁》以及我与他人合作的长篇历史小说《唐伯虎点秋香》《飞天大侠》《续秦英征西》去给人家说唱，且越说越有劲头儿，每逢听到看到乡亲们夸奖我出版的书和二人转剧本写得好看耐读有意思，父亲便心花怒放，有说不出的欣慰、自豪。

父亲虽然离开我们已有二十几个年头了，可他戴着老花镜在灯下、田头、生产队队部说书唱曲的情景，仍在我脑海中清晰如初。如今，偶有回老屯机会，乡亲们见到我还会回忆起当年父亲为他们说书唱小唱本儿的日子，都说父亲是热心传播小村文化的志愿者，教育了一代又一代家乡人。我敬佩父亲，怀念父亲，感谢父亲。

# 皮影匠

皮影戏，又称“影子戏”或“灯影戏”，是一种用灯光照射兽皮或纸板做成的人物剪影以表演故事的民间戏剧。

相传，皮影戏起源于西汉时期。汉武帝爱妃李夫人染疾故去了，武帝悲痛万分，神情恍惚，终日不理朝政。一日，大臣李少翁出门，路遇孩童手拿布娃娃玩耍，影子倒映于地栩栩如生。李少翁灵机一动，用棉帛裁成李夫人影像，涂上色彩，并在手脚处装上木杆，入夜围方帷，张灯烛，恭请皇帝端坐帐中观看。武帝看罢龙颜大悦，就此爱不释手。这个载入《汉书》的爱情故事，被认为是皮影戏的渊源。

双城皮影艺术源远流长，至今已有400多年历史。据《双城县文艺志书》记载，明朝万历年间，河北的“滦皮影”传入双城境内，双城始有演唱时没有影卷的“溜口影”演出。清嘉庆二十年（1815），富俊将军来双城京旗移垦，把南家班皮影儿（南兆英、南兆泽等人）带到双城，起初在内部演出，后来

皮影之家

和当地皮影艺人混合搭班唱影，活跃在双城以东村屯，形成东派皮影。据《双城县志》记载，清咸丰年间，河北的皮影艺人张振江、冯兆祥落户于双城堡正白五屯，后又迁居双城西官所组班唱影，活动在西部村屯，形成西派皮影。两派皮影并驱争光，极大地推动了双城皮影艺术的发展。皮影艺人也由原来的二十几人发展到二百多人，影箱子达到三十几个。新中国成立后，由于受到“文化大革命”的冲击，双城皮影进入了萧条时期，直到改革开放以后，皮影戏才又重新进入大众视野。

1992 年，双城奇人“皮影韩”横空出世。他原名韩非子，是双城文化馆创作员、诗人、剧作家、新闻记者。一次偶然机会，他看了一场黑龙江皮影艺术家高淑芳的精湛表演，唤起了童年时代观看皮影戏的愉悦与痴迷。于是，他做出一个大胆的决定，自愿承担起挖掘、抢救、保护、传承家乡皮影艺术的义务，让双城皮影重振雄风，冲出龙江，闯进京城，跨出国门。为了实现这个愿望，韩非子不惜一切代价，践行他的“三个投入”。一是人力投入，全家上阵。为了得到家人的支持，他带老婆孩子去看皮影艺术家的精彩表演，培养他们对皮影戏的感情。为此，善解人意的妻子赵淑芳放弃了自己经营多年的理发店，两个懂事的孩子韩迟和韩星也撂下了正在学习的美术课程，和老韩一起从事拯救皮影艺术的事业。二是财力投入。韩非子把以前开饭店开舞厅及老婆开理发店多年积蓄的几十万元血汗钱，全投入到皮影剧社的建设和活动上。三是精力投入。兵合一处，将打一家，自打成立了剧社，一家四口人便以皮影为中心，说话办事，想事干事，都离不开皮影了。

韩非子首先组建了“双城民间皮影艺术剧社”，确立了“根植双城，花开省城，大红京城，香飘世界名城”的宗旨，以“重传承、贵创新、磨精品、适商演”为理念，坚持“舞台道具，小巧轻便，演职人员一专多能，上演剧目，中外欢迎”的方针。韩非子还异想天开制订了建设皮影博物馆，举办皮影艺术沙龙、皮影艺术节，办《皮影艺术报》等系列工程规划。

创业之初，韩非子最先求教于家住双城东30里的幸福满族乡久援村著名皮影艺人韩玉复。年近80岁的韩老先生，把大半生的心血都倾注在皮影的创作、研究、演出上，不仅唱念做打自成一派，而且影人子雕刻更是独树一帜。为了抢救这门民间艺术，韩非子把老人接到家中赡养，待如父母，实行“五供”（供吃、供住、供穿、供医疗、供工资），老人过生日，他接到哈尔滨大宾馆，请来省城名流，为其祝寿。他还买回照相机、录像机，为老人保存珍贵的影戏音像资料。为了留下更多的皮影精品，韩非子顶风冒雪到各皮货收购点去寻找购买驴皮，要为韩玉复的作品展打基础，圆老人一个心愿。

随后，韩非子又招兵买马，招贤纳士，把农村的皮影老艺人和省城皮影艺术界的名流大腕请到双城，组成了强大阵容的班底，拢住影匠，占领阵地，培训新人，演出唱影。他租下了青少年宫剧场，一边排练新剧目，一边对外演出，先后参加“黑龙江第三届艺术节”演出，举办“首届皮影艺术节”，还自费带领老艺人进京参加文化部举办的“全国木偶皮影戏展演”。几年下来，家里的百万积蓄全扔进去了，不仅血本无归，搞得倾家荡产，还负债累累。老艺人也只好各自回家种田。全家人守着几百身影人子一筹莫展，夫妻内战，子女埋怨。好事儿人编了一段顺口溜儿：“小皮影，高起点，搞得倾家又荡产，昨日是大款，今天变成穷光蛋。”

在山重水复疑无路的日子里，“走火入魔”的韩非子坚信，皮影艺术还没有完全进入历史博物馆，就说明它仍有顽强的生命力，只不过是在特定时期遭到了冷遇。通过详细的调研，他发现皮影不仅能够适应县城乡镇演出，而且在国内大城市乃至国际上也大有市场。北京是全国文化中心，文化底蕴丰厚，更有广阔天地，机会多多。

1998 年，韩非子筹措资金，带领演职人员迈出“北漂”的第一步。他已经把全家人衣食无忧的生活和一双儿女的前程都押到了皮影戏上。一个猛子扎下去，可能人财两空，但痴迷于皮影艺术的韩非子根本不信那个邪。当年，他自费参加文化部举办的“全国木偶皮影会演”，旗开得胜，接着又参加首届“中国国际艺术节”演出，参加“1998 年’上海国际青少年卡通节”……就这样，韩非子的皮影团队曾经在 30 天里完成百场演出，平均每天就要演出 3～4 场。2000 年，他们又参加“龙潭协会”在故宫白楼上为国家领导人举办的演出，并赴韩国参加“东太平洋人形剧节”暨“庆祝世界文化博览会”演出；2005 年参加中国唐山国际皮影艺术展演，并获多个奖项；

2006年4月，在中国黄河口（西岸）第四届桃花节演出30余场；2007年10月，带领老艺人参加“北京国际大山子艺术节”演出；2008年，参加央视举办的联想奥运火炬手演出，剧社演员韩迟当选为联想奥运火炬手。

30年的艰辛努力，30年的拼搏奋斗，30年的执着坚守，韩非子皮影剧社在传承中发展，在发展中创新，实现了当初的美丽梦想，真的把濒临灭绝的双城皮影变成一张活力四射的文化名片，把中国皮影艺术带到韩国、日本、法国、波兰、澳大利亚、印度尼西亚等十多个国家。

与此同时，这些年的实践也锻炼提高了队伍素质。女儿韩迟成为韩家班出类拔萃的掌门人；儿子韩星成为集表演、刻影人子、做人偶于一身的剧团顶梁柱；老伴赵淑芬则是剧社管家兼演唱、服装、道具师。韩非子的成果最丰硕，30年来他在为剧社事业操心费力之余，还创作、改编了大中小型皮影剧本四五十个，其中人偶混搭的创新剧目《灯官油流鬼》等巡演多个国家，获得多个国内、国际大奖。2018年，韩非子获得双城区“十大工匠”荣誉称号。

如今韩非子影偶剧社兵强马壮，凭着执着前行的匠人精神和创作演出实力，已经赢得国内外专家的认可，好评如潮，光环闪耀。《人民时报》、《人民画报》、《中国文化报》、中央电视台、香港卫视、中华网、人民网、环球网、中国图书馆网等各大媒体网站争相宣传报道。

韩非子为皮影艺术注入了生机活力，使这门艺术更具时代特色，更符合时代要求。随着《灯官油流鬼》《水漫金山》《画皮》《智斗花公子》等剧目享誉国内外，韩非子剧社逐渐扬名海内外，韩非子也成了中外文化名人。

# 喇叭匠

在我家乡的农村，多年来形成了一种礼仪风俗习惯，那就是婚丧嫁娶时兴雇鼓吹乐队，演二人转，唱流行歌曲。谁家儿子娶媳妇、闺女出门子，提前几天就在大门外搭起戏台和喇叭棚子，请来二人转班子，表演有关婚姻爱情内容的节目，如《双拜花堂》《红月娥做梦》《大西厢》《王美蓉观花》等，吹奏《百鸟朝凤》《喜相逢》《步步高》《洞房花烛夜》等欢乐喜庆、吉祥热闹的曲子，演唱《上花轿》《月亮代表我的心》《真的好想你》等歌曲。办婚事的人家借事造势，目的在于聚人气，营造喜气，答谢全村父老乡亲，提升自己在村中的影响力。谁家有老人过世，也要请鼓乐班子和二人转演出，只不过演出的内容与红事截然不同，唱的吹的演的都是如泣如诉的悲情段子，如《秦雪梅吊孝》《丁香孝母》等，大喇叭吹奏的也是“哭迷子”等大悲调，把子孙晚辈和前来吊孝的人们带入思念故人的氛围里，弘扬孝道文化，传承中华美德。

唢呐演奏

在唢呐会演大赛和亲朋好友家举办的红白事礼仪中，我最想看的，也是最过瘾的莫过于鼓吹对棚赛。经济实力强的办事东家，除了完成和其他人家相同的项目外，为了把喜事或者白事办得风风光光，体体面面，往往会增加活动内容，在院门外左右或东西各搭一个棚子，请两伙唢呐比着赛着吹奏。你吹一个曲目，我吹一个曲目，你表演一个绝活，我表演一个绝活，各展才艺，一争高下。这种事情，对于鼓吹手们也是一举几得的好事。为此，各自事先都憋足了劲儿，满怀信心地迎战。通过对棚赛，一是可以大显身手，展露才华，扩大知名度；二是可以互相交流切磋技艺，取长补短，提高完善自己；三是还可多得收益。东家在正常付给工钱之外另给赏钱。比赛胜出的队，不仅赢得广大观众的好评赞誉，还为自己日后招揽生意奠定基础。

在我看过的对棚赛中，要数哈市双城区五家镇吴景民一家和太平区“王大喇叭”一家的表演最精彩也最吸引人。20 世纪 80 年代初，这两个在八乡四邻中享有盛誉的唢呐班子，相会在哈市太平区的一位姓郝的企业家家中。听说棋逢对手，将遇良才，两拨鼓吹要来表演对棚赛，小村立时沸腾起来，消息一传十，十传百。大清早，郝老板家门前就聚集了几百名来观看比赛的男女老少。上午八点，比赛正式开始，只见吴景民带着妻子和两个儿子在热烈的掌声中首先闪亮登场，坐在了大门左边的棚子里。这是比赛的规矩，也是艺德，先到一方必选左边的棚子，以表示对后来者的尊重。紧接着是“王大喇叭”率领儿子们风尘仆仆进入现场，又引起一阵爆豆似的掌声。比赛有三个回合：第一回合是比“打三通”锣、鼓、镲，看打击乐技艺本领，看三大件的配合是否协调默契，看上场表演者的精、气、神儿。其次是比“单打独奏”。双方分别吹奏群众喜闻乐见的《上花轿》和唢呐独奏曲《百鸟朝凤》，看整体阵容和乐件之间配合是否和谐，有没有洒汤漏水的地方。独奏曲最见功力，看技巧效果，听谁吹奏的叫声花样多，动听逼真，惟妙惟肖，像真的来到了百鸟园，听到鸟雀百啭争鸣的天籁之声。其三是“赛绝活”。比如卡戏，吹出人与人对话或唱歌曲、评剧、京剧、民歌的动静。再比如用鼻子吹喇叭或者在喇叭竿上安装转碟、荷花，在唢呐吹奏时转碟飞转，荷花盛开，给人耳目一新的感觉。有的技艺高超者可用鼻子吹喇叭，更能耐的喇叭匠一个人操纵两只、四只甚至更多喇叭，交替吹奏。出神入化的表演，看得观众目瞪口呆。围观的群众给吹得好的一方呼喊助阵：“好，吹得漂亮！”给吹得不好的一方鼓倒掌：“别吹了，演砸了！退场吧！”吴景民的儿子吴全喜演奏的《百鸟朝凤》几乎达到以假乱真的程度，连林中的小鸟都飞到村子上空，鸣叫贺喜助兴。最后，吴家班父子技高一筹，获得全胜。看热闹的人越聚越多，另一方被冷场，杀猪不吹——蔫煺（退）。“王大喇叭”一伙无奈只好挟着喇叭灰溜溜走啦。一场比赛，不仅让村里的父老乡亲大饱耳福，享受了快乐，而且给东家的婚事增添光彩，喜气盈门，把喜庆气氛推向极致。就连村中来看热闹的豆腐匠看演出也入了迷，忘了卖豆腐，结果两板豆腐全馊了，晚上豆腐匠回到家，挨老婆一顿臭骂，可见鼓吹对棚赛魅力之大。

# 制鼓匠

鼓作为常见的打击乐器，其历史可以追溯到周代，雅可以进入庙堂祭祀和宫廷宴集，俗可以是民间的欢庆锣鼓。从原始的陶鼓、土鼓、皮鼓、铜鼓，一直发展到种类繁多的现代鼓，鼓是最为人们广泛应用而喜爱熟悉的乐器之一。但传统手工制作鼓的技法却鲜为人知，几近失传。1999 年，我有幸认识了双城堡的最后一个制鼓匠刘作义师傅。当年，我在《哈尔滨日报·双城新闻》版工作时，曾与双城电视台的记者李艳秋采访过双城和平制鼓厂。听厂长曹进和介绍了鼓厂的创业史和制鼓匠师傅刘作义的经历。

双城和平制鼓厂始建于 1959 年，是东北三省唯一一家制鼓厂。它的前身是双城县皮革厂的一个车间，后来随着社会上对传统大鼓的需求量不断增加，厂领导研究决定抽出一部分技术骨干力量，组建和平制鼓厂。人员最多的时候达到 274 人。双城人骄傲地说，凡是锣鼓喧天的地方肯定有双城大鼓。在气势磅礴的历

制鼓作坊

史巨片《三国演义》中，三军将士擂响的数百面战鼓就是双城鼓厂生产的。1999年，庆祝中华人民共和国成立50周年，天安门前黑龙江省的彩车“巨龙腾飞”上面的360面双城大鼓，擂出了黑土地奋进的铿锵节奏。1997年黑龙江省庆祝香港回归时，敲的数十面大鼓也是双城人生产的。双城大鼓曾响彻大江南北，还敲进日本、新加坡。这些外观美、音质好，深受客户喜欢赞誉的大鼓精品，都出自制鼓匠刘作义之手。刘师傅出生于河南省巩县（今巩义县）的一个制鼓世家，祖父和父亲都是当地远近闻名的制鼓大师。父亲刘相魁从小就向他传授制鼓的经验，特别是教他区分鼓声的细微差别，这对他后来制鼓奠定了坚实的基础。刘师傅记得，当年，他家开了一个制鼓作坊，院子里晾晒着一张张的生牛皮，堆着传统大鼓腔的半成品。大门口经常放着一面高1.58米，直径1.53米的红色大鼓，既作为招牌，招揽生意，又展示着刘家制鼓作坊的技术实力。40年代初期，河南省连遭水灾，老百姓度日艰难，制鼓生意也逐渐衰落。1946年秋，祖父和父亲听说东北物产丰富，日子好过，举家来到双城堡，在西南隅辘轳把街落户，继续开制鼓作坊，一家人靠卖鼓维持生计。1949年秋，双城成立和平制鼓厂，把刘师傅父子请到鼓厂上班，生产传统大鼓。刘师傅告诉我们：制鼓需要经过选材、做鼓腔、削皮、蒙皮、绷皮、擀皮、踩皮、试音、晾晒等工序，每道工序都得手工精心制作。

制一面好的大鼓，关键在于鼓皮，必须选择具有弹性带毛的生牛皮，经过复杂的清洗加工，再经过一段时间的晾晒后才能使用。

蒙鼓皮的环节，决定一面大鼓的成败，包括音调高低、音色好坏等，鼓皮必须经过千斤顶无数次地拉、绷，铁棍不断地“松皮”，才能逐渐产生清脆响亮的高音。鼓基本做成型后，还需要帮鼓身刮灰、抹平，经过三次抹平，再上颜色。稍不留神，就会弄伤手。比如帮鼓上鼓钉，一只手拿着钉，另一只手用铁锤去敲打，一不小心就会敲到手，或者在蒙皮过程中，手很容易被尚不平整光滑的鼓身划破，就算你是再成手的师傅，也难避免。

双城和平制鼓厂建立以来，由于产品质量好，生意始终不错，仅 1999 年，全年销售近一万面大鼓，但是卖出去的货款都收不回来，致使无钱进料，无法维系生产。2002 年，200 多名工人只得去卖冰棍儿、摆小摊儿自谋出路。鼓厂解体后，刘作义师傅把厂里剩余大鼓半成品买回去，和儿子又开起了家庭作坊，每年靠亲属朋友帮助卖些产品，勉强维持全家人的生活，又惨淡经营了十几年。

8 年前，刘师傅由于多年来劳累成疾，加之长期忧虑刘家制鼓技术失传，得了脑血栓。重病期间，刘师傅还坚持做鼓腔，老伴和孩子心疼地劝他：“家里还有那么多大鼓没卖出去呢，还做它有啥用？不当吃，不顶喝的。你好好休息休息吧，别累坏身子骨。”刘作义心平气和地说：“我舍不得放弃这制鼓的手艺，就算是真的累死了，我也心甘情愿！”临终前他叮嘱儿子：“我给你留下的制鼓工具和制鼓技术，你要好好保留，千万别让咱刘家的制鼓工艺失传，有朝一日，社会需要时，你要把鼓厂再办起来，让双城的大鼓再展雄风，在全国各地重新敲响起来。”

# 东北大鼓匠

东北大鼓是双城堡传统的民间艺术，百十年来深受城乡广大群众的喜闻乐听。近 30 年来，随着社会的发展，文化艺术形式的多样化，传统的东北大鼓渐渐被人冷落与遗忘。然而有位叫赵德厚的民间艺人，为了继承和发扬传统东北大鼓这种民间艺术形式，仍始终不渝地在这条越来越窄的小路上艰难地跋涉。

旧历二月初的一天，笔者迎着小清雪，慕名走访了赵德厚先生。赵德厚年近六十，中等身材，性格开朗，热情爽直。他向我们介绍说："一正月都在哈尔滨市郊区演唱，前两天刚回家。"接着我们的话题就从东北大鼓的兴衰谈起。他说，20 世纪五六十年代，东北大鼓在双城城乡非常火爆，不论是城镇街里的茶社、剧场，还是农村生产队的大筒子炕，经常是听众满座。现在虽然城乡电视普及了，节目多了，但有些老年人依然喜欢听东北大鼓。今年正月，我在哈市道里区榆树乡老年公寓唱《曹家将》，天天都有百十人来听，总共唱了 48 天。

东北大鼓在表演

赵德厚从小就对东北大鼓情有独钟，12 岁拜著名东北大鼓艺人宋宝权为师，边念书边学艺。老师傅对他要求很严，从吐字发音到唱腔，都一丝不苟。当天教的段子必须当天背会，一遍不行，就两遍、三遍，直到满意为止。他就是靠着勤学苦练的敬业精神，三年出徒，开始独立演唱。赵德厚回忆起第一次演唱时的情景仍如在眼前。那是 1960 年的正月，是全国闹灾荒的年代，人们吃不饱肚子，听听大鼓书就是唯有的乐趣了。单城公社政德大队为了给饥饿的人们增加点乐趣，赶着爬犁接师傅和他去演唱。第一次演唱，赵德厚看着生产队里炕上地下黑压压的人，心里真有点怕。但一看到师傅的眼神，他的心里就踏实多了。他唱的第一部大书是《水浒逸事》，一唱就是 20 多天，当时人们自己都难以糊口，但还要挤出粮菜给师傅和他送去，因为他们给苦难的村民以精神食粮。

赵德厚说，他最得意的是“文革”前那几年，有时唱半宿也不觉得累，从城里的茶社到乡下村屯，到处都有他的足迹。最令他痛心的是“文革”浩劫。他被勒令禁唱，多年苦心积存的 60 多部书被红卫兵抄走、烧毁。他之所以至今还能记住《水浒逸事》《曹家将》《封神演义》《岳飞传》等上百万字的几部书，那都是小时候打的基础，已经印在心里，是抄不走、烧不毁的。

在那禁锢的年代，他只能闭口不言，老实务农。“文革”后期冻层稍有解冻，《红岩》《铁道游击队》《烈火金刚》等书已经开始在群众中流传。赵德厚白天看这些书编词，晚上就到群众中去演唱，看一段，编一段，现学现卖。那时真有点像搞地下工作。天一擦黑，一伙书迷就集聚到一户屋子宽敞的人家，接着听演唱。有时听到月沉星稀，大家还不愿离去。

赵德厚在谈到往事时是兴致勃勃的，但在他喝茶的那一瞬间，我发现他的眼里流露了一丝忧虑，他说：“大鼓书现只有少数老年人听了，但它不会消亡的，只要我们继承发展好了，还是有前景的。这不，我现在正准备把过去唱过的几部大鼓书记录下来，通过新的形式流传下来。”但愿这位老艺人在民间艺术这条曲折的路上勇敢地走下去，闯出一片新天地。

# 扎彩灯匠

在我的家乡双城区金城乡临河村（老屯名王家岗），自古就有新春扎彩灯，挂彩灯，扭彩灯秧歌的民间习俗。一进腊月门儿，村里的年味逐渐浓郁起来。各家各户淘米擀面蒸豆包、撒年糕，杀年猪，包冻饺子，办年货，可是，无论丰年歉年都不忘扎彩灯，挂彩灯，扭彩灯秧歌搞文化娱乐活动。

扎彩灯匠在扎龙灯

除夕夜里，家家户户门前都挂起各式各样的灯笼。据说挂灯笼有三个作用。一说给老祖宗回家过年照亮，别走错门儿；二说是父母给出门儿在外的儿女做的标记，召唤孩子们回家团聚；三说为小村过年烘托喜庆欢乐。灯笼挂起来，顿时小村成了五彩缤纷、流光溢彩的灯海，营造出暖意融融、喜庆祥和的节日气氛。这其中有生机盎然的转灯，老百姓也叫它走马灯，灯上贴着生肖剪纸图案或者《西游记》《红楼梦》故事的图画；有生肖灯、鲤鱼灯、五星灯、红纱灯、苞米灯、萝卜灯；也有用喂大罗[①]扣的冰灯，上面写着福禄寿喜等吉祥如意嗑儿。这些灯笼多出自民间艺人之手。

李凤春是我亲大娘的二弟，我管他叫二舅。二舅是兰棱河两岸远近闻名的能工巧匠。他多才多艺，心灵手巧，看啥会啥，干啥像啥。他苫的草房，不仅挺年头，还是人见人夸的艺术品。他编的“喜”席和“寿”席是年轻人结婚的首选或老人寿诞的贵重礼品。说起扎彩灯，他更是无师自通，是村里村外群众公认的高手。

春节前后这段时间是二舅最忙碌的时候。别人为自己家忙年，他却为全村人过年操心费力，宁愿舍弃吃年猪的宴请，抛开自家的扫房迎年的一切活计，专心致志扎制彩灯。用现在时髦的话说就是文化志愿者，既为乡亲邻里扎灯，又为秧歌队扎灯。工作间设在自己家或生产队队部。

扎制彩灯首先要进行选料、备料。挑选适用的秫秸，剥去外边叶子，缠上纸条。购买竹子，剥成竹纤子。买窗户纸、高丽纸、白报纸，五彩颜料，刻制剪纸图案，选择美丽好看的画

① 喂大罗：东北地区方言，意为水桶。

片。

第二是进入扎制过程。我上初中后，每年放寒假基本长在二舅家或生产队扎灯的地方。二舅边干活边为我详细传授扎灯的步骤和技术。他说，扎彩灯是一种集造型、扎制、糊底、彩绘于一体的民间艺术，寓意着前程光明，生活幸福。造型，就是把所要扎制的图形绘在纸上，以此形状为样子进行扎制。扎制，就是扎框架，包括选料、弯、削、接、劈。糊纸面，包括色、底、描、染、修。道道工序都出自二舅一人之手。别人帮不上忙，只能看热闹。他扎的彩灯主题内容有四：一是国防教育系列，如飞机、大炮、坦克、军舰。二是十二生肖系列。随着年份的更迭，啥年头突出什么生肖。三是五谷丰登、六畜兴旺系列，如苞米、谷子、黄豆、麦子、白菜、萝卜，牛、马、猪、羊、鸡、鸭。四是杂耍系列，如四季花草、走马灯、五量灯等。看着二舅起五更爬半夜，熬得逐渐消瘦的脸庞，舅妈心疼地叨咕：他就是土地佬喝烟灰——有那口神累（瘾）。

走进二舅的工作间，如同走进彩灯的博物馆，墙上挂的，炕上摆的都是多姿多彩、琳琅满目、惟妙惟肖的彩灯。扎灯匠戴着老花镜，一盏一盏仔细检查灯的质量，看插蜡烛的灯座牢不牢固，糊的纸结不结实，试验走马灯转得顺不顺利，直到完全满意再放回去。

正月十五元宵节夜里，秧歌队举着美轮美奂的彩灯，舞动如花似蝶的彩扇儿，伴着优美动听的唢呐，踩着动人心弦的鼓点，尽情地表演，走家串户去拜年，吸引着全村男女老少倾巢出动，围着秧歌观看赞许。变幻莫测的彩灯和天上的星星月亮交辉，“猪八戒背媳妇”逗得观众开心大笑，全村人在寓教于乐中享受节日愉悦，农家小院春意融融。

宁愿一人苦累，换来万人欢乐，这是二舅扎彩灯的宗旨。几十年中，他无怨无悔地扎灯，透过父老乡亲一张张幸福的笑脸，一声声开心的笑语喧哗，二舅心里有说不出的欣慰，所有的疲劳苦累全都烟消云散，像三伏天吃了冰激凌那样的惬意。

如今，扎彩灯的人走了，故乡小村的彩灯秧歌停办了，一家一户只好挂起市场上买来的红色纱灯，欢度佳节，祭奠匠人。

# 文化与艺术

# 塾师匠

20 世纪四五十年代，在黑龙江省哈尔滨市双城区县（现哈尔滨市双城区）西的大片村落里，也就是在拉林河东岸和松花江北岸，只要一提起解放前在这一带教私塾的一位朱姓先生——人们尊称他老朱先生，那些六七十岁以上的老年人都会十分动容地你一言他一语、你一段他一段地讲起这位朱老先生

古代私塾场景展示

办私塾，当塾师，教书、讲学、育人的那些往事。

为写好这位塾师匠的故事，我系统地采访了我的文学创作启蒙老师——朱老先生的孙子，从双城堡走出的作家、黑龙江省黑土文化（诗歌）研究会会长朱宏轩大哥。他动情地有根有脉地讲述起祖父的塾师生涯。

朱老先生名永富，字监亭，生于山东省莱州府昌邑县北孟镇朱家庄。他岳父做过光绪皇帝的侍读。他们这支朱家是在江西婺源一个儒家文化根基颇为坚实厚重的家族底盘上积淀壮大的一派支脉。宋代文学家、思想家朱熹是他们这支朱家的第九世先祖。19 世纪后叶，朱泉文——一位山东举人带领长子朱永富，怀里揣着官府颁发的塾师证，从烟台登船，离开山东，开始“下海北”。“下海北”指齐鲁文化人来东北，是与山东农民“闯关东”同时的另一个名词。他们横渡渤海，在大连下船，一路北下关东，以教私塾的方式，传播孔孟之儒家思想，传播齐鲁文化。闯关东的农民是来拓荒种地，齐鲁文化人闯关东——“下海北”也是来拓荒，来耕种，不同的是，他们是在开拓东北封闭落后的上层建筑之荒，是在耕耘落后人群思想文化之地，播下的是中华民族传统的优良的精神种子。朱永富随父亲先是落脚在长春南面一个属于伊通县叫作团山子的很大的山村，在那里办起私塾。私塾学堂背倚大顶子山，大顶子山四周方圆几十里，有十几座村庄。村民们听说有一对山东来的父子先生办私塾，教得好，纷纷送孩子来上学。对于没有米交学费的孩子，朱家父子就免收学费。在开明绅士的支持下，五间草房、南北八铺大炕都摆上了木制书桌。几十名学童，琅琅书声，从山村茅屋飞出，传得很远很远。后来，朱泉文老先生受邀去了长春，给伪皇宫满族子弟学堂教古汉语，就再没有回团山子。

朱永富先生一个人在团山子、新立城、奢岭口子一带教了五年私塾。他腰里别着一杆玉石嘴旱烟袋，教山村的孩子们浅易的《三字经》《百家姓》，继而又教他们读深奥的四书五经。夕阳西斜，学堂放学了，他领着几个住塾的男孩儿，漫步踱到山下，坐在大青石上，眺望山东半岛的方向，很是思念家乡。他一边一锅接一锅地抽起东北黄烟，一边一首接一首地教孩子们朗诵起唐诗来。听到他高昂的朗读声，几只蜡梅、黄雀也在他身边和头上欢声叫着，飞来飞去。朱永富先生还在课余时间向学生们讲孙文、黄兴的革命故事。后来，他教的学生很多成才，能文能武。有的参加了革命队伍，解放战争中，在第四野战军围困长春的战役中，有的奉命潜入城中，发动群众，动员国民党部队士兵起义投诚。

20世纪末，朱永富先生携家眷搬迁到双城县。他先后在双城西部的孙家大围子、前五家子、大半拉城子、腰小房身、彭家崴子、田家窝棚、会云堡等屯子开私塾，深受人们尊敬。朱永富老先生在世时回忆，他在双城县教私塾20余年，教过500多名学生。他手书的蝇头小楷《古文观止》给学生做范文，深受学生们喜爱，他还把文言文的历史故事译成白话文，讲给学生，易听易懂。每逢春节，他都让学生写健康向上的春联，张贴出来。大年初一，他便叼着铜斗长烟管，在学生的簇拥下，逐家观赏。有一年，腰小房身屯一名储姓学生错把马棚的春联张贴在庭院大门上，被他一顿呵斥，刨了一烟袋锅子。

他教的双城籍学生很多人后来成为东北土改中的积极分子、农会干部。很多人参军四野，出关南下，多数在江西、广东、广西、海南等省，成为县区党政机关领导，有的为建立新中国流血献身。他还把自己的长孙朱维邦亲手送到位于双城县东北隅东北民主联军指挥部的招兵办，其长孙后来成为解放军的一位师级干部。东北解放战争时期的双城县公安局局长、哈南军区政委，后任松江省公安厅副厅长，20世纪中晚期任哈尔滨市政府副秘书长、市政协副主席（行政九级）的李晓白，就是跟朱永富老先生读了六年私塾，后投奔延安，参加革命，建立东北根据地时被党派回家乡双城的。1947年中秋节，李晓白派警卫员用小马车拉着中秋礼品，到双城堡城南孔家窝棚，看望他的这位恩师。

无独有偶，1973年，朱宏轩在双城县委工作时，下乡到对面城子乡前五家子屯工作，被派饭到一户李姓人家，主人李老汉已70多岁，在伊春林区退休回老家的。李老汉与朱宏轩攀谈时得知，他是朱永富老先生的孙子，兴奋得慌了手脚，从土炕上蹦下地，双手抱拳就拜，连呼："幸哉！幸哉！朱老先生是我的恩师，我跟他读了五年多的私塾。"

朱永富老先生在双城县韩甸镇北的会云铺呕心沥血地教过几年私塾。屯中姚家是开明绅士，后来从姚家大院走出过两位国之栋梁。屯子人回忆时说，这跟朱老先生的教育不无关系呀！

1958年中秋，朱永富老先生逝世于双城堡城南孔家窝棚，近90岁。逝前，他还戴着老花镜在自家的黄瓜架前看《古文观止》，其一生孜孜不倦之治学精神实为后人之楷模。

这就是一位塾师匠的人生传奇，这就是一位齐鲁文化人"下海北"，传播孔孟思想，播撒儒家文化种子的经历。时过百年，山东塾师匠的开拓精神，仍在东北黑土地上传承光大，他教书育人的话语仍在白山黑水间回荡，回响！

# 教书匠

叔父王金柱今年已经83岁了，身体硬朗，精神矍铄，只是有点耳聋。他既是我本家的叔叔，又是我在本村读小学一至三年级时的班主任老师。

教书匠王金柱

从小时起，他就像慈父一样，对我格外喜欢，关爱有加。记得他多次跟我父母讲："这孩子生在正月二十五，龙凤日那天，聪明机灵有天赋，将来肯定错不了。我看乳名叫龙凤呈祥，大号王文山吧！"上小学后，他对我重点培养，既宽又严。宽的时候，放学之后，他让我到家里给我开小灶，讲古人"头悬梁锥刺股"的学习精神，讲令人立志读书的格言“书山有路勤为径，学海无涯苦作舟”。同时，他还不时为我讲讲本校金榜题名考入重点大学的学习偶像，如乔家窝棚王义山考上了清华大学，王凌山考入哈尔滨医科大学，还有本村的女孩子李桂芝考入中国人民大学……每当讲起这些，叔父的脸上就露出欣慰自豪的笑容，并且语重心长地鼓励我：“你要以他们为榜样，好好用功学习，将来准不次于他们。”在我幼小的心灵深处埋下了“学而优则仕”的种子，立下向名牌大学进军的目标。严厉的时候，他也真的不客气。有一次我犯了错误，几个女同学在学校操场上玩石头子儿，我和几个男学生给人家打“搅会儿”，从她们头上跨来跨去。他知道情况后，把我叫到办公室，不仅狠狠地打了我们的手板儿，罚我们站着听课，还让我们放学后打扫教室卫生。

叔父 1948 年参加教育工作，小学优级毕业，硬是靠着刻苦自学，教学相长，不断丰富自己的知识水平和教学经验。老百姓都知道他背课认真，传授知识准确，课讲得明白。附近的靠山、乔家窝棚、车家城子、鲁家店几个小屯的学生都愿意投师他的门下，到我们王家岗学校来上学。他在传授知识的同时，不忘对学生进行人生观的教育。碰到有的家长不愿意供学生念书，他便三番五次去家访，耐心说服家长，直到学生重新返校上课为止。对于真有困难的学生，他慷慨资助。叔父家生活本来就不宽裕，他挣得的微薄收入，养活一家五六口人都不够用，还要省吃俭用积攒下来，救济困难的学生，如本村没有父亲的学生王兆全和因家庭人口多，交不起学费的王中山等等。为此婶子不理解，经常和他吵架。尽管这样，吵过闹过，他仍不改初衷，该帮助的照样关照，直至这两个孩子考上了中专。后来，我由于命运不佳，赶上了“文化大革命”，加之家庭困难，上大学的梦破灭了，他又鼓励我不要灰心，争取自学成才。叔父对我的前程可谓负责到底。记得1963年我考入阿城师范学校，他也不放弃对我的关心教育，经常给我写信，过问我的学习情况。寒暑假期，他把我找到家里，用身边的例子开导我。他说你初中的班主任张斌就是在阿城师范读中师被保选上大学的。你要走他的路子，好好表现，要创造条件争取保送上大学。1966年末，我毕业回家乡任教，在从事教学工作之余，我坚持写新闻，搞文学创作，新闻和文学稿件经常在报刊发表，靠坚持不懈的努力，1972年终于写进了县文工团。每当看到我创作的二人转节目演出、获奖时，他都兴奋得不得了，在村中四处宣传，还会到我家告诉我的父母，并且惋惜地说："这孩子是生不逢时呵，如果有继续深造的机会，一定能成为出类拔萃的人才。"

1974年，叔父因为生活所迫，忍痛离开了从事多年的教育工作，在亲属的大力支持帮助下，走进了工商系统，后来在县税务局离休。办完调转手续那天，他掉泪了，失眠了，二十几个春秋的教师生涯，在脑海里像电影一样翻腾着。"传道、授业、解惑"，他为三尺讲台倾注了大半生的心血，可谓桃李满天下。婶子说："你老叔最高兴的事情，是他的学生来看他或者听说哪个学生有大出息啦！"有时，我到他家看他，他便拿出学生从天南海北寄来的信件和拜年贺卡，一边翻着看，一边激动地和我说："人民教师这个职业无上光荣和幸福，不仅为社会培养有用人才，深受社会和家长的爱戴尊敬，还能分享学生成长进步的欣慰喜悦。我真的没干够啊！要不是这几个不成器的孩子们拖累，我才舍不得离开三尺讲台呢！下辈子如果有机会，我还去当教师！"

叔父家族观念极强，是我们王氏家族公认的“太阳”。全村几百号王姓人口谁家有个大事小情，都请他掌舵拿主意。不管是孩子订婚、考学，还是盖房子，他都热心帮忙。对家族的管理他更是自动自觉，尽心尽力。1983 年，为了写好家族祖谱，他不顾 70 岁高龄和旅途劳累，只身一人跑到山东省青岛郊区的海阳县行村镇去寻根问祖，几经周折，费了九牛二虎之力，到底是把王氏家族的来龙去脉弄清楚，还把祖谱按辈分排序的材料带了回来。叔父对教育事业的忠诚，刻苦自学的钻研精神，爱岗敬业的工作作风，做人做事的认真态度，感染影响了我一生，让我受益终身。

完成此篇小文的时候，正是第 28 个教师节来临之际，衷心祝福叔父节日愉快，健康长寿!

# 画 匠

赵伯元（1865—1940），字专乾，是双城堡最早也是最有名的书画家。他自幼年时起就酷爱书画，并持之以恒地刻苦自学，长时间临摹《神州国光集》《芥子园画谱》这些当时比较著名的历史名画影印集。由于他悟性好，有天赋，无师自通，书画水平逐渐提高，达到了炉火纯青的地步。赵伯元最擅长画梅、兰、竹、菊，在他笔下的梅花暗香浮动，竹影幽幽，荷韵芬芳，兰花秀雅，书法善写行、草、楷，成为享誉一方的俊士。

赵伯元虽然多才多艺，在当地小有名气，但因家境贫寒，30多岁时还没能娶上媳妇。一天，有个逃荒要饭的孀妇来到门前乞讨，并哭述自己的悲惨遭遇：由于家乡连年荒旱，颗粒不收，她和丈夫一路逃荒要饭来到此地，丈夫饿死在半路上，求恩人可怜可怜给碗饭吃吧。艺术家都是富有同情怜悯之心的。赵伯元日子也不富裕，可他见不得这种场面，便把她留在家中，赠之以食，待之以宾。而那女子原本无靠，见赵画家对她如此热情，便甘愿与他共守清贫，二人遂结为百年之好。

“九一八”事变后，双城被日本人占领，赵伯元目睹了日本鬼子的种种罪行，十分气愤，不愿外出做事，闭门家中写字画画。有一天一个日本人慕名来访购画，愿意出重金以酬，却遭到了赵伯元的厉声拒绝。他说：“我是中国人，画的是中国画，服务于中国百姓，你就是花多少钱，我也不会出卖良心，把中国艺术卖给强占我国土，残害我父老乡亲的侵略者！”他的亲朋好友得知了这个消息，都为他捏把汗，为他这样保持民族气节而不怕获罪于日本人的做法非常担心，他却正色以对道：“让他们把我抓起来好了，我宁愿吃苦遭罪，哪怕一死也不会卖给日本鬼子画！”

相反，对于乡亲邻里，赵伯元却尤其亲善，有求必应。平日谁家孩子结婚，老人祝寿，他都欣然书画，尽力满足，哪怕是几天几夜不睡觉，也要成人之美。

1938 年，赵伯元一位年过花甲的老友孙国瑞儿子结婚，恳求他写副对联，以增加喜庆气氛，提高喜事档次。这时正赶上赵伯元重感冒，发高烧 40 摄氏度。他硬撑着虚弱的身体写下“设席招待全城客，举酒相传满座风”。朋友一家激动不已，连声感谢。

1940 年，赵伯元在双城堡东南隅的家中病故，享年 75 岁。双城著名开明士绅刘普洲同商号福恒升、福兴公筹款，安葬了这位气节可敬、清贫一生的书画家。

虽然赵伯元离世已经多年了，但是他的书法和绘画作品仍在民间和书画界流传，当人们谈论起他的为人和精湛的艺术时，都给予高度的评价，说赵伯元重气节，拒绝日本人索画的精神，为双城堡这块黑土地增色留香。

# 皮影镂刻匠

双城皮影镂刻技艺经历数百年的发展已形成了一套极为完整的制作程序，大致可分为选皮、熟皮、落样、镂刻、敷彩、罩油、晾晒、装订等十余个步骤。

皮影镂刻匠人韩玉复

**选皮：**一般以各种牲畜皮为原料，尤以牛皮和驴皮为最佳。

**熟皮：**将选好的牛皮或驴皮的毛、血去净，然后经药物处理，使皮革变薄，呈半透明状（此为熟皮），不同艺人有不同的方法，一般不外传。

**落样：**选择所要镂刻的图样，将图案纹样描绘在皮面上。

**镂刻：**采用阴刻和阳刻相结合的方法，在刀法上以推刀为主，以拉、靠、抹等刀法并用。阴阳交错，明暗相辅。

**敷彩：**影人子雕刻完毕进行上色。双城皮影采用黑、绿、红三个颜色。色彩纯正瑰丽，鲜艳热烈，具有独特美感。

**罩油：**影人上完色之后，还要再罩一层桐油。

**晾晒：**油彩晾干。

**装订：**对各部分装订组合，安上脖条和手条。

双城皮影镂刻技艺具有独特风格：刀法犀利剔透，顿挫回旋，以推刀为主，兼用拉、靠、抹，线条流畅，不断不乱，连通一气。阴阳刻相结合，图案疏密有致、条理清晰，刻工精细，技术娴熟，影人形象逼真，玲珑剔透，生旦净末丑，行当俱全。

韩玉复是远近闻名的皮影艺术家，皮影镂刻大师，被称为皮影巨匠。1913 年生于双城县青岭乡，自幼爱好皮影艺术。擅长演唱青衣、小旦、文武花旦、文武小生，说唱俱佳，声情并茂。肚囊宽，会的段子和剧目较多。精通皮影的主要伴奏乐器，自己能制作太四弦。有很高的伴奏水平，在双城是很有影响的全能皮影匠人。他还掌握了皮影的镂刻艺术，享有“南杜北韩”的美称。

皮影艺术的发展，离不开皮影的镂刻艺术。皮影戏叫灯影

驴皮影人子

戏，也叫影子戏。所以没有影人儿皮影就无从谈起。虽然皮影镂刻对皮影艺术起着极其重要的作用，可是从事皮影镂刻艺术的人是凤毛麟角。原来双城没有专职刻皮影的，都是兼职。那时双城比较有名的镂刻艺人只有三人。双城东是以韩玉复为主。双城南是刘奎五，双城西是关德林（外号关二虎），他们三人的镂刻艺术风格各不相同。刘奎五的影人额头突出的是古脸和双眼皮儿。关德林的影人比较粗糙，人物造型古老。韩玉复刻制的影人，造型都是传统的通天鼻子，刻制得精细，后经过几十年的不断改革创新，使之既不脱离传统，又有新的发展。他大胆地把北方皮影和南方皮影（唐山皮影）进行了有机结合，克服了北方皮影的许多不足，吸收了南方皮影的诸多优长，改进了很多头饰和服饰上艺术结构的不合理之处，达到了艺术上的完美。经他镂刻的皮影既有南方皮影的细腻传神，又有北方皮影的粗犷豪放，使双城的皮影镂刻艺术有了长足的进步和发展。

韩玉复老人的一生都默然奉献给了双城的皮影艺术。双城当年几十个影箱子，大多数影人子都出自他手。与此同时，他还培养了许多徒弟，为皮影唱腔、音乐的发展和完善做出的贡献尽人皆知，为后来皮影的振兴打下了基础，立下了汗马功劳。他的作品和事迹，先后刊登于1960年出版的《东北民族民间美术总结皮影卷》和1986年出版的《黑龙江皮影史料》以及《人民画报》《民族画报》等。

20世纪50年代，他的演出就在沈阳录制过唱片。他制作的皮影头楂，在1986年出版，在艺术丛书《皮影史料》刊发。1996年他的事迹和作品入选《东北民族民间艺术总集（皮影卷)》一书。《人民画报》也先后登载他的事迹和他的作品。

随着皮影艺术进入低谷，皮影镂刻艺术更为萧条，老一代艺人相继离开人世，从事皮影镂刻的人寥寥无几。由于经济效益差，年轻人都不想学习皮影艺术。韩老先生从小就培养儿子韩树柏，向他传授镂刻皮影的技术。由于父亲的影响熏陶，韩树柏逐渐也酷爱上了皮影镂刻艺术，在父亲的言传身教下，他很快全面掌握了镂刻艺术，他觉得作为一个皮影艺人的后代，一定要继承父亲的遗志，坚决不让老祖宗留下的这门艺术失传，责无旁贷地承担起传承保护的历史使命。

几十年来，韩树柏在做好银行本职工作的同时，不顾家人的反对和外人的冷嘲热讽，克服来自各方面的阻挠，不惜重金投入，坚持刻苦钻研，不断实践探讨，终于走出了一条成功之路。在他剪纸作品中剪字更具特色。自体自剪自表，阴刻流畅，圆润行书足见其博采众长的深厚功底。其艺术成就颇丰。2003年皮影剪纸获第五届中国（黑龙江）剪纸艺术节金奖和中国剪纸德艺双馨奖。

他主张研究艺术要潜心，要通过高超的艺术形式表达作品之魂，要耐人寻味，给人想象和再创造的空间。他的作品被选入《中国剪纸选集》，并出版《中国剪纸艺术专集》（韩树柏卷）。2006年书法剪纸毛泽东诗词《满江红和郭沫若同志》获中国沈阳世界园艺博览会铜奖。2009年皮影剪纸四幅作品和论文入选《中国剪纸艺术研究》第二卷。

# 根雕匠

根雕，是以植物根干（包括树身、树瘤、竹根等）的自生形态及畸变形态为艺术创作对象，通过构思立意、艺术加工及工艺处理，创作出人物、动物、器物等艺术形象作品。

根雕艺术可谓源远流长。早在元明时期，女真人就有用树

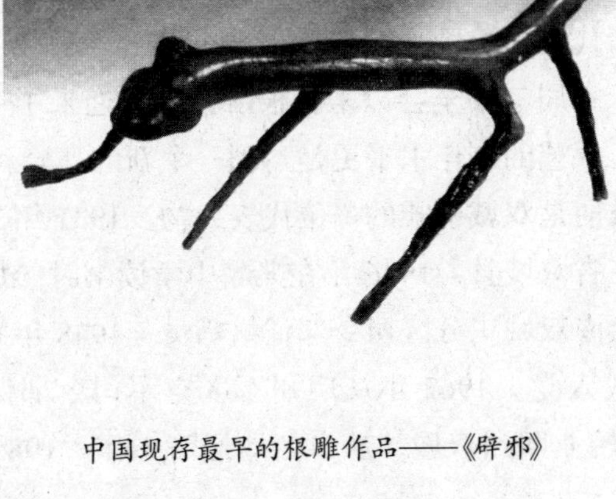

中国现存最早的根雕作品——《辟邪》

根做台架摆放什物的先例。后来一些人便把那奇形怪状的树根，随形就意雕琢成独具审美价值的艺术品，并逐渐形成了根雕艺术。

现存最早的根雕作品，是战国时期的《辟邪》和角形器。1982年，湖北省荆州地区博物馆清理马山一号楚墓时发现了我国战国时期的根雕艺术作品《辟邪》。据国家文物部门考证，该文物制作于战国晚期，约在公元前340年到公元前270年之间，距今2300多年。其形为虎头、龙身、兔尾的四足怪兽，极富动势神韵，色彩古朴典雅。

《南齐书》中有齐高祖赠予隐士僧绍竹根“如意”的记载，同时出现了一些根制实用品、陈设品和家具。隋唐时期，根艺的发展已趋于繁荣。唐代诗人韩愈的《题木居士》诗中，也描述了一件根雕“人物”作品。宋元时期根雕作品在宫廷和民间得到发展，而且有些画家也以根雕作品为创作的素材。《百乐鼓琴图》中画的许多摆件就是根雕作品。明清时期，根雕作品独具特色，更是涌现出一大批根雕艺术家，使根雕创作发展到一个新阶段。他们承继了木雕艺术的传统，创作了许多优秀的根艺作品，至今在北京的故宫、颐和园及上海的豫园中，仍收藏着许多清代的根雕珍品。

党的十一届三中全会以来，根雕艺术也迎来了一个蓬勃发展的时期，根艺的创作水平更是达到一个新的高峰。

李鸣岐便是双城根雕的一位代表人物。1931年，李鸣岐出生于黑龙江省双城县，1946年在兆麟中学读书时参加东北民主联军，在哈南双城三分区司令部任缮马员。1948年6月在渡江战役中火线入党。1962年从广州军区空军司令部保密室主任（副团职）转业回到双城，从事商业经济工作。1985年在县物价局离休。离岗后他选择发挥自己的爱好专长，传承父辈的雕刻技术，以根艺创作欢度老年时光。

李鸣岐出生在一个雕刻艺术之家。祖父李万才和父亲李香九都是小有名气的木雕手艺人，受他们影响熏陶，李鸣岐从小就爱上了这门手艺，在雕刻方面具备深厚基础。

李鸣岐从事根雕艺术多年，说起根艺创作如数家珍。根艺创作耗时长，从选材、造型、构思到创作，再到命名，需历时一年半载，甚至更长时间方可完成。

根艺创作的构思，必须着眼于最大限度地保护自然之形、自然之美，一切人为艺术的再创造的痕迹也应该隐藏于自然之美中。构思时应对根材做多角度的全面观察，反复揣摩后方能定型。

根雕的制作一般可分脱脂处理、去皮清洗、脱水干燥、定型、精加工、配淬、着色上漆、命名等八个步骤。

“选材是根雕制作的第一步。用材必须选择材质坚硬、木质细腻、木性稳定、不易龟裂变形、不蛀不朽能长久保存的树种，如黄杨、檀木、榉木等都是根艺造型的上好材质品种。被淤泥淹没或深埋土中的死根，经数百年炭化形成的古老阴沉根木，其质坚几乎接近化石，更是根艺的佳材。”

根雕以形入画，以画塑型。“造型上的选择标准则可概括为稀、奇、古、怪四种。”一般生长在平原的树根，因养分充足，生长快，木质纤维也较松，难以形成奇特形态。生长在恶劣环境中的根材，如背阳生长或长在悬崖峭壁石缝中，并经雷劈、火烧、蚁蚀、石压、人踩、刀砍而顽强生存下来的树根，由于光照不足或缺土少水乏养分，久长不大渐渐变形，年愈久，质愈坚，造型也愈奇崛遒劲。这些都是根雕创作的理想用材。

李鸣岐为了寻找到天然的古木和奇妙根材，多次和儿子去大小兴安岭的深山老林里淘宝。有一次，还闹出了一把玄事儿。他儿子李宝柱在长白山小兴安岭工程施工时，发现一个古木和山石连接的难得的根材，如获至宝。李鸣岐闻说随即组成取运材料的专门班子，雇请猎手、老伐木工人一起进山。由于地形不熟，山路崎岖道远，晚上只好住在猎人临时搭建的小木屋里。谁料半夜时分竟遇到了麻烦，只听到木屋周围野猪叫，野狼嚎，令人胆战心惊。先是老猎手打死了两头野猪，随后有两只狼猛扑上来，咬伤了伐木工人的左膀和右腿。行伍出身的李鸣岐临危不乱，最终和猎人一起开枪吓跑了野猪群和恶狼，几个人总算脱离了危险。回到家，老伴听说后怕得脸都变了色，恶狠狠地埋怨道："你痴根如金，不要命了。儿子要是有个好歹，我跟你没完。"为此，好多天也不和他说话。直到有一天，当得知用这块奇材塑造的"二龙盘蛇"桌面作品卖了好价，又获了大奖，叫响黑河俄罗斯古玩工艺品一条街的好消息时，老伴的脸色才由阴转晴。

李鸣岐告诉我，根艺作品创作必须深入生活，熟悉各种动物形态、肢体结构、民间习俗、历史故事、传说典故等。还要具备一定的文化艺术修养，联想能力丰富，才能创作出众人喜爱的好作品，最终给人以美的享受。

一块块盘根错节的树根，一截截斑驳畸形的枯木，经过李鸣岐巧手匠心的雕琢，重新焕发活力，被制成一件件精美的艺术品。半个世纪以来，李鸣岐从1000多块形象各异的根材中，加工打磨出30多件大、中、小型根雕作品。其中《钟馗打鬼》组合等13件作品获一等奖，《仙女采花》等7件作品获二等奖，《潇洒老叟》等5件作品获特等奖，《鱼鹰老人》等7件作品获三等奖。走进他的家里，眼前简直就是一个根雕收藏室。各个房间都摆放着琳琅满目、多姿多彩的根艺品。李鸣岐不无欣慰地说："根艺创作，丰富了老年精神文化生活，让我尝到了乐趣，实现了价值，提高了生命质量。我期待着在有生之年能举办一次个人根艺作品展。"

# 剪纸匠

剪纸通过裁剪或刀刻方法，剪刻出具有图像样式的艺术作品，在我国也有一千多年的历史了。1959 年考古工作者曾在新疆吐鲁番高昌古墓发现了北朝时期埋藏的“对马”“对猴”团花剪纸，这也是已发现的世界上最早的剪纸实物。

剪纸匠李宝凤

顾名思义，剪纸是一种依托纸张材料的艺术形式，西汉时期纸的发明也为剪纸的产生和发展奠定了基础。这里还有一段感人的小故事：汉武帝的爱妃李夫人不幸去世了，武帝思念爱妃，悲恸欲绝。一个山东方士为了安慰他，自称有招魂之术，晚上可以招来李夫人的魂魄与武帝相聚。到了晚上，他在一顶方帐内点上灯烛，帐外的汉武帝果然看到了李夫人的影子，高兴异常，但正要进帐时却被阻止了。方士声称，不可近前，离得太近李夫人的魂魄便要跑掉。其实这位方士只不过是用麻纸剪出了李夫人的形象，通过烛光把影子映照在帐幕上，给武帝以慰藉罢了。后来武帝还曾为此事作诗曰："是耶非耶，立而望之，翩何姗姗来迟。"

经过千余年的传承与发展，中国的剪纸艺术也取得了极大的进步，各种艺术作品精彩纷呈，剪纸人才也不断涌现。近年来，在东北三省的剪纸艺人中就杀出了一匹黑马。她就是被称为"剪纸艺术大师""中华第一神剪"的李宝凤。

2015 年 7 月 22 日，我们初中同学到长春聚会，恰巧遇到李宝凤的剪纸作品正在吉林省图书馆展览，我们遂欣然前往，走进展厅参观。此次展出分"冰雪系列""人性与爱""景色"三个部分。整个展厅内色彩斑斓，绘画与剪纸相得益彰，作品中的人、植物、动物栩栩如生。李宝凤 40 多岁年纪，中等个头儿，微肥的身形，红润的脸膛，浓眉大眼，一头瀑布一样的披肩长发，身穿水粉色的衬衫更显精神焕发，正在满面春风地为嘉宾和参观者答疑解惑。

李宝凤就像一个技艺高超的魔术师，剪影舞动间，大好河山、神话故事、关东风情、瑶族姑娘已跃然纸上。原本用于分割裁切的剪刀，在她手中却连接起世间万物，同时也将她这个乡村姑娘的命运与剪纸艺术连接在一起。

李宝凤的剪纸作品颠覆了很多画家、学者和观众的认知，不再拘泥于特定的颜色、图案和技法，而是将国画、年画、版画、油画、装饰画的精髓融入其中，让这门起源于中国乡土的民间艺术充分汲取艺术的营养，从而走出国门，走向世界。

1984年的冬天，在吉林省长春市双阳区一处偏僻的小山村里，冰雪覆盖了村庄，屋里的热炕头上，一个青涩的胖丫头一手持剪刀，一手拿红纸，纸屑像蝴蝶一样飞落，手里的剪纸形象渐渐清晰。

这一年，刚满18周岁的李宝凤，用400份日常生活中随手剪出来的作品改变了自己的命运。

剪纸，是东北女红中的一项重要技能。妇女们剪窗花、剪鞋样、绣枕套，都离不开剪纸的基础。李宝凤继承了母亲的心灵手巧，从小就爱趴在炕上画画剪剪，随着剪得越来越多，剪得越来越好，老李家的胖丫头也成了十里八乡有名的巧手。

旧时的老人不崇尚女孩子多读书，所以读到初中二年级，李宝凤就辍学务农了。可她平日里放下锄头，就拿起剪子，手艺一点都没有耽误，剪纸成了她在繁重的农活之余放飞心灵的方式。

1984年，县职业高中开设了音体美专业班，专门培养特长生，学生毕业后可以到中小学任教。初中都没毕业的李宝凤自然不符合招生的条件，但小姑娘凭着一股子犟劲儿，回到家挑选了400份自己平时攒下来的作品，有蜡笔画，有零碎的剪纸，直接去找校长了。手握远超同龄人水平的剪纸作品，再加上初中老师帮忙说情，李宝凤总算如愿成了一名旁听生。

这日积月累攒下来的400份作品和一个旁听生的身份，帮助李宝凤走出了乡野田地，开启了自己的艺术人生。

两年的学习生涯转瞬即逝，因为美术成绩特别突出，尽管是旁听生，李宝凤还是如愿成为一名乡村小学的美术教师。

彼时，村小学的条件简陋，3分钱的蜡笔对孩子们来说都是奢侈品，连画纸也很稀缺。“那时候农村有抽旱烟的习惯，许多家长都是把孩子用过的作业纸拿来卷烟，要是涂上了蜡笔，就没法用了。”想起那时没有色彩的美术课，李宝凤还唏嘘不已。

在这期间，吉林省新出了一套美术教材，里面收录了许多经典的美术作品，有国画，有油画，其中许多作品和技法李宝凤从未接触过。

自己不懂，就更没有办法教孩子们了。于是，生性直爽的李宝凤大着胆子给教育厅写了一封信，建议教育部门结合农村孩子们的实际情况编一套“乡土教材”。一周后，教育部门的回信来了：“你的建议非常好，你能不能先行做尝试?”

得到鼓励的李宝凤一下子有了动力，心里的许多想法也有了用武之地。

既然孩子们用不起色彩，看不懂名画，那就教他们剪纸吧。剪刀家家都有，废纸也能利用起来，不仅不用色彩，还能锻炼他们的动手能力和想象力。

于是，每逢李宝凤的美术课，就可以见到一个大人带着一群孩子去操场玩老鹰捉小鸡，去山上采花草，去草丛里捉蜻蜓……回来以后，她让孩子们回忆自己经历的场景、见过的形象，再用画笔画出来，用剪刀剪出来。

三年下来，李宝凤带着孩子们创作了一批童趣剪纸作品，其中200多幅在省市、国家、国际少儿大赛中获奖，13幅作品收入《世界当代少儿美术书法摄影作品精选》。

在李宝凤的眼里，艺术的根脉在生活里，躯干在持之以恒的磨炼中，而枝叶就在身边每一个孩子天马行空的想象之间。三年里，她和孩子们共同创作，共同成长，也共同热爱着剪纸艺术。

因为教学能力突出，李宝凤被评为“吉林省先进教师”。1996年，她被调到了规模更大的县中心小学任教。在这里，她有了自己的工作室和展厅。除了给孩子们上剪纸课，她有了更多的时间进行自己的剪纸创作。

由于自小喜欢《红楼梦》，她萌生了以《红楼梦》内容做剪纸的想法。几乎每天早上四点，都可以在工作室里看到李宝凤忙碌的身影，画画、剪剪、改改，一个个栩栩如生的红楼人物经她之手重生了。

“当时用的是普通的大红纸，每个人物都反反复复剪了好多遍。”几年积累下来，一幅长3米，高1.5米，包含了55位红楼人物的剪纸作品《红楼梦·大观园》终于完成了。

1998年，机缘巧合之下，这幅作品出现在一个全国性会议的纪念品名单中，一经展出，顿时博得满堂彩。

1999年春节前，一鸣惊人的李宝凤受邀带着更多作品去北京展出。她把有关《红楼梦》的剪纸作品用一张大报纸一包，和丈夫买了两张硬座火车票就踏上了进京的旅程。

这次进京，让从东北农村走出来的李宝凤带着她的剪纸艺术真正登上了大雅之堂。1999年8月16日，李宝凤的剪纸作品在北京大观园举办专题展览，受到热捧。“红盏一丈现红楼，满眼群芳百态收。也似娥皇铺彩石，神工巧剪世无俦”——“红学”泰斗周汝昌如此评价。

声名鹊起给了李宝凤更大的信心，在地方政府的支持下，李宝凤开始尝试把剪纸艺术做成地方特色产业。为了打开市场，她从技艺的精进入手，在剪纸中借鉴国画、年画、版画、油画、装饰画和摄影的有益经验，同时吸纳地方戏曲、诗歌、民歌和少数民族元素，创作了一大批令人惊叹的剪纸作品。

她把每种颜色剪出一个模样，再用五六十幅这样“千剪不断”的单色作品套成一幅色彩斑斓的作品，呈现出了水彩画的效果；在此基础上，她又和同事们改良纸张的制作工艺，和剪纸技艺结合起来增强作品的质感，创作出足以“乱真”的剪纸“油画”作品。

画家李自健评价说：“宝凤剪纸兼顾刀法与纸感的和谐、写意与写实的和谐、精巧细腻与想象延伸的和谐、传统手法与新技艺的和谐。”

在李宝凤创作的剪纸作品《关东三怪》组画里，用“窗户纸糊在外、姑娘叼个大烟袋、养个孩子吊起来”的民俗内容刻画出东北人幽默、风趣、泼辣的性格，也将刻在她骨子里的乡情展现给观者；在作品《春水长流》里，她运用3D立体的剪纸设计，用姑娘清秀的眉眼和头上仿佛时刻闪光的银饰刻画出鲜明的苗族风韵；在一系列长白山题材的作品里，她用层层叠叠的套色技术丰富色彩，展现出独特的长白山风貌……

李宝凤创作的每一幅作品都有血、有肉、有生命、有脉搏，有民族风、时代感、地域性和乡土情，恰恰没有边界。

李宝凤和团队还研发了一系列文创产品，涵盖古典、民俗、冰雪、风光、神话等，其中几百种产品远销海内外。她带着中国的剪纸艺术在美国、俄罗斯、日本、法国、德国等十余个国家举办环球巡展。她的剪纸作品《红楼梦·惜春作画》还被作为国礼赠送国际友人，让剪纸艺术的魅力在海外绽放。

李宝凤还用改变自己命运的剪纸艺术去改变其他人的命运。她到全国各地去宣传讲解剪纸艺术，迄今为止已培训了3万多人；她给聋哑孩子和自闭症儿童免费上课，让他们从剪纸中得到快乐，掌握一门技艺；她教授身有残疾的群体学会剪纸，让他们用力所能及的劳动获得收益；她还办起了“炕头工厂”，让亲属、朋友和孩子们都来学习，创作出来的作品由她负责回收、销售。

为了让更多的人了解剪纸艺术，让更多的孩子学习并且爱上这门传统艺术，李宝凤和丈夫建起了占地近 6 万平方米的剪纸艺术博物馆和艺术学校。当被问起能为社会做些什么，李宝凤常常说：“我捐我的文化，因为它可以属于所有人。”

# 烙画匠

烙画古称“火针刺绣”，近名“火笔画”“烫画”“烙花”等，是中国古时一种极其珍贵的稀有画种。据史料记载，烙画源于西汉，盛于东汉，后由于连年灾荒战乱，曾一度失传，直到光绪三年（1877），才被一名叫赵星三的民间艺人重新发现整理，后经辗转，逐渐形成以河南、河北等地为代表的几大派系。烙画以前仅限于在木质材料上烙绘，如木板、树皮、葫芦等。画面上自然产生不平的肌理变化，具有一定的浮雕效果，色彩呈深浅褐色乃至黑色。现代大胆采用宣纸、彩绢等材质，从而丰富了烙画这一门艺术的表现形式。

烙画匠郭岩春

年近花甲的郭岩春是双城堡郭氏烙画艺术的第五代传承人。早在清朝咸丰年间，郭家烙画的创始人——他的祖太爷郭阳便在山东、河南两地以烙画为生。郭阳一个人历尽千辛万苦闯关东来到双城堡，后来托云布大人的官越做越大，仗也越打越多，衣锦还乡之时再三赏赐郭阳，都被一一谢绝了。直到托大人拿出当初郭阳为其烙了三只梅花的马鞍子，郭画匠才老泪纵横，叩谢再三。世人佩服托云布将军的忠勇义气，敬佩郭画匠的为人，家里婚丧嫁娶需要烙画的物件都由郭师傅去制作。这门以葫芦烙画为主体的民间手艺从此在双城堡扎下了根。

到了郭岩春太爷郭起发这辈儿，已经在今天双城区联兴乡附近的正白二屯安家落户。农闲时，他以研究材质烙画为乐，当年双城堡第一社会贤达莫德惠的唯一女儿五格格要出嫁，可这位姑奶奶对嫁妆要求很高，十分挑剔。莫大人心想家大业大，女儿的嫁妆若是弄不出名堂，莫家脸面上也不光彩，随即悬赏一千大洋。郭起发艺高人胆大，接下了这活儿。他来到莫府上下一转悠，心里便有了主意。他认为五格格长那么大从没离开家，冷不丁换了环境，肯定想家，嫁妆没有家中的念想，心里不好受。郭师傅把嫁妆的三十六抬箱子上全都烙画上莫家的山山水水、花花草草、院里院外的景致，就连五格格平时喜欢的小物件也都精心烙画。五格格看了心中自然喜悦，对嫁妆非常满意，欢天喜地地办了婚事。莫府上下都松了一口气儿。莫德惠不但言而有信，一千大洋分文不少，还格外在南街赏赐郭画匠一套一进小宅院。在新中国成立前的双城堡，不论家穷家富，女儿陪嫁必有烙画也成了习俗。

除了民风民俗的滋养，时代的传承也使烙画这门民间艺术经久不衰。郭岩春的太爷郭起发生了四个儿子，他秉承手艺传

烙画作品

家的祖训，分别让儿子学习木匠、铁匠、铜匠、画匠。其中郭岩春的爷爷郭成学习了烙画。他不负众望，青出于蓝胜于蓝的烙画作品在当时的吉林、滨江一带享有盛名。

1945 年，双城堡光复后，国共两党各方势力都在做接收准备，天道所属的共产党人土改政策深得民心。1947 年，郭岩春的父亲郭万才参加哈南独立老七团，后来随四野部队大军南下，新中国成立后解甲归田，返乡以农耕烙画为生。

郭岩春从小受家庭的艺术熏陶，6 岁起和爷爷开始学习葫芦烙画。1981 年他应征入伍，走进部队大学校，从事幻灯片制作。郭岩春如鱼得水，和专家、老师、战友虚心学习，采长补短，烙画技能得以迅速提高，在沈阳军区《前进报》经常发表美术作品。1984 年，他的烙画作品《风景这边独好》获得黑龙江省军区一等奖、沈阳军区金奖。

40 多年对葫芦和各种板材烙画的不断追求和探索，使郭岩春对烙画技巧运用自如，推陈出新。走进郭岩春位于双城步行街的工作室，呈现在我们面前的是木板烙画《水浒一百单八将》《八仙过海》，还有葫芦烙画《福寿图》《十二生肖图》等数十幅作品，我们被震撼了。他的人物画惟妙惟肖，神态逼真，风景画技艺高超，让我们身临其境，感受到了郭画匠烙画艺术的炉火纯青，巧夺天工。

郭岩春手里攥着粗细不同规格的电笔，正在聚精会神、全神贯注地烙画。面对我们突如其来的到访，郭师傅停止手中活计，站起身来，赶忙道歉："不好意思。"年复一年没日没夜的作画，使郭岩春身体每况愈下，原本就矮小的身材瘦了一圈儿，但是烙起画来还那么有精气神儿。

两次婚变的打击也无法动摇他对民间烙画艺术的酷爱和痴迷。我问他："是什么力量让你几十年如一日，对烙画如此坚守、迷恋?"他正了正老花镜，淡然一笑告诉我："当然是四位长辈的嘱托啦。烙画是郭家几代人辛辛苦苦，用心血汗水传承下来的手艺，无论遇到什么艰难坎坷，我都不能退缩。我只有把这门手艺发扬光大的义务，不能让它失传在我这一代。"郭老师 2016 年被聘为哈师大美术学院和东方学院客座教授，所教学生 300 余人，可谓桃李满天下。他的作品远销到美国、日本、新加坡等 17 个国家和地区。郭岩春现任黑龙江省中华炎黄文化研究会民俗传承保护研究会副会长和秘书长。他最兴奋的是如今还有这么多人喜爱烙画，为传承保护民间艺术默默做奉献。最欣慰的是他的两个儿子也已加入传承郭家烙画艺术的行列。

# 转坛写匠

一方水土养一方人，一方人又孕育一方文化。我的家乡双城堡就素有“二人转之乡”的美誉。二人转这种具有地方特色的民间艺术，早在清朝同治年间就在这片黑土地上流传，在近三百年的传承发展过程中，逐渐形成了“以唱见长，博采众长，唱腔高亢火爆、圆润优美”的风格。

转坛写匠奚青汶

东北三省的二人转界曾有“南派靠浪（舞）、北派靠唱”之说。专家和观众评价，双城二人转是北派的代表。

20 世纪五六十年代是双城二人转的繁荣期。以县民间艺术剧院为中心，亦农亦艺的演出队或半职业剧团遍及城乡。全县各乡镇几乎都有二人转业余演出团体。群众性的二人转演出活动随处可见。农民在田间地头比唱二人转，家庭妇女哄孩子做饭时哼二人转，年轻人结婚、老年人祝寿演二人转。商家、企业开业庆典请二人转，二人转已成了当地百姓不可或缺的精神文化生活。“宁可三天不吃饭，不能不看二人转。”二人转给广大人民群众带来了无尽的欢乐，美好的生活。与此同时，这里也涌现了一批在省内外小有名气的二人转作家、演员和民间艺人。

我的转坛恩师奚青汶就是其中一位，是大家公认的金牌二人转作家，被誉为黑龙江省二人转创作“五虎上将”之首将。奚老师 1941 年出生在双城县青岭乡的农民家庭，因受民间二人转艺人的熏陶，从小就与二人转结下不解之缘。

1957 年，刚满 16 岁的小奚子以他英俊帅气的长相、笔挺的高个儿、优美动听的唱腔表演，考入了县民艺团。他演唱的二人转《大喜的日子》等剧目深受观众的喜欢，并获表演奖。60 年代初期，他因嗓子倒仓，转而开始从事二人转创作。

奚青汶虽只是初中毕业，但他的聪明才智和文学天赋，使得他很快就进入角色，逐渐成为行家里手。他不仅是出类拔萃的编剧，而且兼做导演、编曲，有时也在乐队伴奏拉二胡，可以说是专业剧团不可多得的全才。

他创作的二人转处女作《柳春桃》一炮打响，连续在哈市、全省乃至东北地区获得一等创作奖，轰动东三省。

在荣誉和赞美声中，奚老师不骄不躁，乘势前进。为了追求二人转唱词的“语不惊人死不休”，他深入研究，背诵八旗子弟唱给皇帝的《子弟书》中的精彩唱段，并深入基层体验生活，和农民交朋友，虚心向他们学习群众语言。一时间，他的二人转创作呈井喷式爆发，佳作频出。二人转《新风曲》《王树庆参军》《桃李春》《春江花月夜》《硕果飘香》《桃红柳绿》《马寡妇开店》《高老庄》《三盗芭蕉扇》《不吃亏遇险记》《演兵场上》，单出头《忆亲人》《叶绿花红》《杀鸡》《胖大嫂送饭》相继获得国家、东北地区、省级大赛一、二等奖。几十年中他共创作二人转剧目100多个，个个是精品，成为专业剧团的保留节目。他的二人转作品也得到东北三省二人转专家学者的一致赞誉和高度评价，认为他的二人转故事巧妙，语言俏皮，戏剧性强，演员愿意演，观众喜欢看。他先后在国家、省、市级出版社出版二人转作品集《柳春桃》《奚青汶二人转选》《芦荡红星》《雨夜送亲人》《奚青汶作品选》和二人转连台本《穆桂英大破天门阵》。有人不无羡慕地说："奚青汶老师好像是专为二人转而生，为二人转而长的，他把前半生的好年华都奉献给了二人转艺术。"

1972年3月，我以农村教师身份调进县文工团任编剧，有缘结识了奚青汶并拜他为师，实现了多年的夙愿。之前，我虽然在报纸上发过两篇二人转作品，但那和专业剧团搬上舞台演出的作品不可同日而语，和奚老师写的剧目相比更是相差十万八千里。奚老师苦口婆心地向我传授如何创作好专业剧团二人转的要领，帮我编故事，手把手地教我写二人转，一字一句为我改写二人转剧本。他说："专业剧团的编剧和业余作者不一样。业余作者写出本子只要报纸发表出来就算完事大吉，不考虑有没有人排演，但专业编剧写的剧目必须符合舞台演出要求。"打铁先要自身硬，要想写出一篇演员想演、观众爱看、演出效果好又有教育意义的二人转，必须练好内外两个基本功。内功，即基本功。作者在掌握二人转用唱词唱故事的属性后，既要具备一定的唱词和语言表达能力，还要懂得“功夫在诗外”的道理。在创作剧本时，一是心中要有舞台，语言要有动感，行话就是“赶道”，想着给演员多创造表演空间。二是心中想着演员，熟悉团里每个演员的喜好专长，量体裁衣，为演员写戏。三是心中要有曲谱，知道二人转九腔十八调曲牌子的字数、句式，便于配曲。要补上这些短板，就得从“四多”入手：多学习好的剧本，从中领悟成功的奥秘，失败的教训；多看演出，感受剧本演出的真实效果，不断总结经验；多接触演员，和演员交朋友；多实践《二人转的十二个编剧方法》。老师一席话，点醒梦中人。按照老师的指导，我一件一件努力去做，最终收到了立竿见影的效果。我创作的二人转《巧劝妻》获得文化部首届群星奖银奖，《猪八戒游女儿国》和《特殊婚礼》以及单出头《总理让咱多养牛》得到了老师、演员和观众的广泛认可，并获得全省大赛一等奖。

1974年，奚青汶调到省城，担任《黑龙江艺术》杂志的曲艺编辑，此时他又把主要精力用到培养创作二人转的人才上，甘愿为他人做嫁衣。在编辑业余作者的作品或开办作品研讨班时，他把自己构思的好故事、好情节、好语言、好点子都无私地奉献出来。与此同时，奚老师为了交流地方戏创作经验，还为全省二人转创作有成绩的作家编辑了一套戏剧二人转丛书（几十本），有力地推动了黑龙江省二人转艺术的繁荣发展。

俗话说，文人相轻，可奚老师却是“文人相亲”。每当看到哪一个徒弟写出了高水准的二人转，他都兴奋地叫好：“你看看，这才是剧团需要，演员、观众需要，有血有肉有艺术，含金量高的二人转哪！”在奚老师当编辑的岁月里，黑龙江省的创作人才脱颖而出，好作品层出不穷。可以说，崇拜他、尊重他的粉丝遍布东三省。

2002年，奚青汶老师退休了，但他仍不忘传承二人转艺术。他不仅为我和郑彦清等一批二人转作家出书写序言，还为有成绩的二人转演员、导演王建仁写评传。听说双城民间艺术剧院被评为“东北二人转”传承中心，他高兴得夜不能寐，翻箱倒柜把自己多年来积存的剧照、二人转手写稿和作品专辑托人捎来。他希望双城堡二人转能在传承中发展繁荣，更上一层楼。

# 美文共赏析

# 双城故事民俗大观

土　人

阅读王文山先生的这部散文作品集，眼前呈现着一个个能工巧匠的鲜活面容，这些匠人个性鲜明，身怀绝技，技艺高超，特别是他们的大情怀大境界，给人一种高亢向上的精神力量。这些匠人来自民间，有过去的也有现在的，有男也有女，有老也有少，遍布双城的城里乡村，各展风采，各领风骚，各具特色。《关东五十匠》一书中民俗风情洋溢在字里行间，具有艺术性和诗情画意的感染力。

双城堡，是一座历史悠久的古城。早在清末，就流传着“南有辽阳府，北有双城堡”之说。斗转星移，沧桑巨变。如今，双城堡已经成为哈尔滨的一个区。新的区，与时俱进；老的城，焕发出浓郁的民俗风情。通过《关东五十匠》的传播，双城的传统民俗文化薪尽火传，泽及后代。文山先生自幼生长在双城这块黑土地上，是在家乡这块肥沃的土地上成长起来的作家。他退休前曾担任双城文化局局长，当时很多人称其为“二人转”局长，因为他写了不少二人转剧本，声名远扬。我那时与文山先生尚不相识，但却对他敬佩有加，能写二人转的人不多，能写好二人转的人更少。二人转是民间艺术，也可以说是民俗艺术。文山先生生活基础扎实，见多识广，厚积薄发，多年来钻研民间艺术，和民间艺人打成一片，所以写起《关东五十匠》来得心应手，挥洒自如。

在《画匠》一文中，作者形神兼备地刻画了民国初期双城一位本乡本土书画家——赵伯元，他天分高，悟性好，无师自通临摹《芥子园画帖》《神州国光集》而成才。赵伯元笔下的梅花暗香浮动，竹影幽幽，荷韵芬芳，兰花秀雅，成为颇有名望的书画家。对于乡里乡亲谁家孩子结婚、老人祝寿，他都欣然书画，给予满足。有一回赵伯元高烧40摄氏度，一位有文化的人来为儿子的婚礼求副对联，以提高喜事品位。赵伯元硬撑着虚弱的身体写下“设席招待全城客，举酒相传满座风”。从这篇短小精悍的散文中，可以看出民间书画家赵伯元对艺术的不懈追求和亲民情怀，作品中流露出的民风民俗让人倍感亲切。继承和发扬民俗很重要，一个地域的民俗像一面镜子，可以反映出这个地域的面貌和人的品位，它可以帮助我们了解过去、现在和将来的生活。

民俗是文化，是传统，是习惯，是过去，是现在，是将来。民俗在生活中无处不在。民俗作为一种文化，是随着人类社会的产生、发展逐渐形成的现象。这部书故事引人入胜，民俗深入人心。双城堡主要是满汉民族，两者相互交汇，相互吸引，走向融合，最终形成了自己的民俗特色。我由双城民俗想起了《红楼梦》中的民俗。《红楼梦》对那个时代独具特色的民俗文化做了充分的、艺术的展示，被誉为18世纪中叶中国封建社会的风俗画卷，为后人了解和认识那个时代的风俗民情全貌，提供了一面珍贵的“民俗宝鉴”。

《编席匠》一文我也读得津津有味。炕席是古老的物件，我们这一代土生土长的人，都是睡在炕席上长大的。作者把炕席这件民俗作品写得活灵活现，我仿佛回到了那个无忧无虑的童年时代。在20世纪70年代末之前，编席子有很广阔的市场，各式各样的席子从编织匠的手中编出来。不同的席子有不同的用处，如家庭睡觉铺的炕席，结婚用的“喜席”，老人过寿用的“寿席”，生产队、粮库、油米厂晾晒粮食的“晾席”，等等。每年一进腊月门，是编席匠李凤春最忙碌的日子。这段时间，是农村青年结婚办喜事的高峰期，家家都想在年前把儿媳妇娶回家过团圆年。外加上有的人家给老人过寿诞，更是忙上加忙。李凤春师傅为了满足用户的需求，不仅杀猪菜顾不上吃，酒也没工夫喝，还要追星星撵月亮地加班儿。我认为，民风民俗不光是文化，还是有情趣有意思的文学艺术。《关东五十匠》散发出的民俗性，会引起越来越多人的兴趣和关注。一个国家，文学作品中的民俗性越鲜明，就越有国际性；一个流派的文学，地方特色越浓厚，就越有生命力；一个民族，传统越深远，就越丰富瑰丽。鲁迅在1934年给青年木刻家陈烟桥的书信中说：“现在的文学也一样，有地方色彩的，倒容易成为世界的，即为别国所注意。”

《关东五十匠》是好看的双城故事，也是耐人寻味的双城民俗大观。

# 那些渐行渐远的“匠人”们

## ——读王文山先生《关东五十匠》有感

于秋月

现在，这本书摆在我面前，我反复看了三遍以上。这是双城区作协主席、老作家王文山老师的力作。说它是力作，不是说文章框架有多么巨大，而是他把东北历史上那些工匠活儿挖掘得实在是太细致了，他不仅把“活儿”都琢磨透了，还把做活人的品性、手艺、背景一一道来，活灵活现。

我经常在看一段后就放下书，沉思。我是城里长大的人，农村很多事对我来说太陌生了，而这些陌生眼看着就要消失，一旦消失了，我们的后代就更不知道这档子事了。

这念头一起，便想着要赶紧告诉老作家，把那些老物件搜集起来，在乡下寻个地儿建个“历史博物馆”，给老物件一个扎根的地方。双城堡人杰地灵，人才辈出，底蕴深厚，老物件扎在这里，正对路。

这话有点儿说远了，还是回到书里吧。

这部书的环境不大，就是作者老家那些事，那些走马观花的事，可是，它就像个舞台，在作者的笔下熠熠生辉，“演员”们个个身怀绝技，出手不凡，让人目瞪口呆，回味无穷。

先说我熟悉的锔锅匠，20世纪七八十年代，经常看见大街上担着扁担、挑着家什、围着围裙的师傅，在街上一坐，谁家有裂开的锅、漏洞的盆都拿出来，只见老师傅点点画画的，经他神奇的手一处理，锅就可以接着炒菜，盆就可以接着盛水了，大人们说，这是手艺人。

佩服王老写作的精致，小到锔锅匠箱子的钻头、钻钉，大到整个流程的操作，就像是一次完美的表演，被一丝不苟地呈现出来。

书中几乎每一个工匠的操作，如苫房匠用的草、拿的工具，在房子上施展手艺的“拧房脊、抱房梢、齐檐子、拍平整”的过程；劁猪匠眼尖手快、稳准狠的把式；制鼓匠从选材、晾晒到最后蒙皮十几道工序精心制作……都被作者做了详尽介绍。

如此类多，不多列举，感叹王老的有心、用心、专心精神。

在王老笔下，大放异彩的不只是工匠们的手艺，还有他们身上所体现的中华民族传统美德“仁、义、礼、智、信”。

你看，从城里下放到村里，为人厚道、善良、童叟无欺的成衣匠王福林师傅，有钱没钱都给做衣服，遇上节日、婚嫁丧娶，别人休息，他却要贪黑熬夜赶制着。王师傅视钱为身外之物，困难户、五保户不收钱，村里做国旗、党旗、少先队旗不收钱。他还像一颗无私的种子，带出一批徒弟，用他平凡的一生，诠释了美德情操。

孝心豆腐匠王兆勤，视村里的老人为自己的亲人，不管哪位老人想喝豆浆，吃豆腐脑、炖豆腐，夫妻俩从来不管有钱没钱，都做好送到老人面前，他们的善举传出方圆百里。

从山东来的塾师匠朱永福老先生，为东北黑土地带来了齐鲁文化，老先生一路传播孔孟的儒家思想，播下中华传统的优良文化。礼数，是他们教授的必需之课，在他的教诲下，黑土地走出来很多仁义开明之士，有的甚至是成为国家栋梁。而解放后参加工作的教书匠王金柱，有着开明超前的意识，用古人的勤学奋进鼓励学生们“书山有路勤为径，学海无涯苦作舟”，他的爱岗敬业、做事认真、教书育人的精神，至今还被晚辈传颂。

工匠如八仙过海各显其能，其中的扎灯匠和编席匠让我格外注目，“灯痴”郝玉兴研究起来废寝忘食，竟然倾注三年心血，用最普通的秸秆扎出惟妙惟肖的“黄鹤楼”灯。他做的“黄鹤楼”，独具匠心、巧夺天工，而且，面对高价收买的诱惑不动心，一心想把灯送到亚运会，让“外国人看看中国人的智慧和才华”。而农民李凤春，不仅能用秸秆编出“囍”字、“寿”字席，还能编出“松鹤延年”“花好月圆”的画面，简直不可思议。

种瓜匠王子和把一个“义”字时刻装在心里。他种瓜讲诚信，不打农药，不上化肥，不干昧良心的事，面对市场被破坏的香瓜形象，他的志向是种出东三省最好的香瓜，给香瓜正名。

如此繁多，也不一一列举。

书中工匠约五十人，就像有人说的，每一个工匠都是一面旗帜。“工贵其久，业贵其专”，品德高尚最为重要，我在这些小人物、大工匠身上看到了善良、朴实、默默无闻，感受到强烈的心灵冲击。

说了这些，其实，在我心里面最大的工匠是妈妈，妈妈灯下纳的鞋底，炒的小米鸡蛋，烙的苞米子饼囊括了天底下最无私、最伟大的爱，所有的工匠都离不开妈妈的爱。

随着阅读的深入，感觉《关东五十匠》就像一幅美丽的乡土生活画卷展现在面前。工匠是生活的点缀，在它的背后，是东北大地上的民俗、民风、民乐、民生。

你听，教室里琅琅的读书声、河沟里游泳少年的笑声、热炕头上绘声绘色的说唱声、竹林里飘荡回旋的柳笛声，余音入耳。更有溪水旁举着棒槌洗衣服的大姑娘小媳妇的嬉笑、村街上扭秧歌吹喇叭的喜庆、兰棱河畔铁锅炖鱼的欢乐、乡村里杀猪宰羊的热闹，笑声入心。

掩卷后，耳边似乎还在回旋荡漾着这耐人寻味的乡村“交响乐”。

全书以20余万字，囊括东北风情、工匠精神、民族美德，实属一部难得的好书，有历史意义、收藏意义和教育意义。

老工匠们渐行渐远了，生活还要继续，更多的工匠会随着现代化的发展而诞生。谢幕，是为了下一次的开幕，期待王老下一部作品为我们呈现新的华彩乐章。

# 工匠精神里的文化情感

杨　勇

一个国家要有它的国家意志，一个民族要有它的民族精神，一个人要有他的人格骨气。大国工匠，展现着民俗民情，是一个民族在数千年奋斗过程中凝练的技巧，里面蕴藏的是一个民族的气质。

今天是科技高度发达的时代，好像一切通过电脑和手机就可以完成，人本身的能力正在弱化。这是十分可怕的现象。通过玩网络游戏锻炼智力，通过健身燃烧卡路里，那么，人们设身处地认识自然和改造自然的方式正在消失。打开暖气，就可以御寒，老家的苫房匠就消失了；按动机器，豆腐就自动做出来了，豆腐匠就消失了；拿个电动车床，就能制作家具，小木匠就消失了。其实，这样的消失，不仅仅是一种手艺的消失，更是一种文化的消失，是人类与大自然抗争能力的消失。几天前，母亲给我们带来一些酸菜，我和老婆就觉得比街面上卖的机制酸菜好吃。我想，这其中既有工艺因素，也存在人文情感的投入。王文山主席的散文《母亲的味道》，讲母亲每天为上学的他做一碗小米饭炒鸡蛋，这小米饭是从家里的粥里面捞出来的。我想问，哪个饭店的炒饭能有这碗米饭值钱呢？同样，笨鸡蛋就比蛋鸡的鸡蛋贵，手工的家具就比流水线上的家具更有亲切感。工匠所塑造出来的制品，比机械化的制品更具有民族情感和人文精神，这是现代科技无法替代的。

王文山主席不畏辛苦，数年来奔波于家乡的村屯，采访咱们的屯里人，整理资料，埋头研究，出版了这样一部歌颂关东匠人的书籍。王主席出版这样的书籍，不图名利，不计得失，这是值得诸位学习的。《道德经》里讲："夫惟弗居，是以不去。"意思是说，功成业就而不自居，由于不居功，也就无所谓失去。《关东五十匠》是一部具有历史价值和人文价值的作品，里面展现的各类奇工巧匠，是今天的年轻人再难见到的；这也是一部可以从中获得写作灵感的作品，写作者大可以从本书中挖掘素材，获得更多的写作启迪，所以，十分值得读者和文友珍藏。

现代社会仍旧需要工匠，需要工匠精神。今天的蓝领，就是新时代的工匠，他们在各自的行业中，尽管使用现代化的精密工具，但还是需要经验积累，需要对行业的热情和执着。手艺可以随着时代消失或转变，但敬业、精益求精、专注、创新的工匠精神不会磨灭，并且在人类生活不断追求舒适的过程中尤其值得继承，在不可替代的手工业产品制造中不断弘扬和完善。

读着王主席的《关东五十匠》，那些手工艺者的高超技艺仿佛呈现于眼前，为红白事吹奏的喇叭匠，赶着毛驴车走村串户的豆腐匠，缝纫机嗒嗒作响的成衣匠，在房顶爬来爬去的苫房匠，等等。这样的人文艺术，是值得我们永远传颂的。

# 匠心匠文塑匠人

## ——《关东五十匠》读解

李长荣

双城文坛一哥王文山，捧出新近大作《关东五十匠》，余读之赏心悦目、启智提神。兹将所思、所解、所感、所悟书之于后，与诸君分享。

**一、匠心独运**

首先，这部书充分彰显了入选者匠心独运的才气与功力。其匠心，既体现在巧心真心上，又体现在热心苦心上。

文山多年来对双城匠人情有独钟，苦心孤诣，真正做到了“长期积累，必然而得之”。书中的匠人，有的是作者的亲人（如说书先生是父亲王金铭，豆腐匠是本家侄子王兆勤，苫房匠是二舅李凤春)，有的是作者蒙师的亲人（如塾师匠是文学创作启蒙老师朱宏轩的祖父)，有的是作者的朋友（如扎灯匠之一的郝玉兴)，总之都是作者最敬慕、最亲近、最熟悉的匠人。

文山苦心经营，不辞辛苦。为了写好这些匠人，他或骑自行车或步行，或严寒或酷暑，用心采访，精心调查，钻研史料，广搜信息，可谓煞费苦心。

文学作品“以情动情，用心拨心”，作者用自己的真情抒写匠人的深情，以自己的真爱表现匠人的大爱，读者怎能不心灵震撼、荡气回肠？如《塾师匠》中的朱永富，曾培养出李晓白（曾任哈尔滨市政协副主席）等高足。朱老先生传奇的一生，令人高山仰止。

因之，文山这种独运的匠心，堪称文者的楷模。

**二、匠文独树**

笔者老朽网盲，孤陋寡闻，据一隅所知，迄今为止，专写大国工匠的作者，文山当是开路者；专写大国工匠的专著，《关东五十匠》当是开山之作。在此之前，虽有东方卫视《大国工匠》专栏节目，但纸质媒体的图书，尚未得见。

可以毫不夸张、绝无溢美地说，《关东五十匠》的确是一项全方位、系列化、深层次、高水准的系统文化工程。谓予不信，有据可依，现略陈数端。

其一是题材亲民。书中的每一位匠人，都与人民群众的生产生活息息相关，与平民百姓的衣食住行和吃喝玩乐样样相连。题材的接地气特点，鲜明突出，与人民群众的亲近感，显而易见。

其二是主题爱民。作者倾尽全力，为普通劳动者树碑立传，为草根匠人歌功颂德。作者的爱民情怀与匠人们的大爱情怀合而为一，水乳交融。《秫秸灯匠》中的匠人郝玉兴对加拿大友人说：“我扎灯不是为了卖钱，而是个人爱好，为了继承弘扬祖国民族民间工艺。这盏灯，我要把它送到亚运会，让外国人看看中国人的智慧和才华，从心里佩服中国人。”何等朴实与豪迈！这就是大爱无疆！《制鼓匠》中的刘作义临终前叮嘱儿子："我给你留下的制鼓工具和制鼓技术，你要好好保留，千万别让咱刘家的制鼓工艺失传，有朝一日，社会需要时，你要把鼓厂再办起来，让双城的大鼓再展雄风，在全国各地重新敲响起来。"这种"临终关注"的家国情怀怎能不感人肺腑、催人泪下？

其三是故事乐民。书中有许多篇章，故事生动有趣，戏剧性强。例如《秫秸灯匠》写郝玉兴与郝大嫂的一段婚史时，起初玉兴因痴迷于扎灯，把相亲大事忘在脑后，以至于郝家母女和媒人来相亲时，玉兴竟然问三个人："你们找谁呀？"结果被当作精神有病，婚事作罢。可是后来玉兴和郝大嫂的老爹参加全县扎灯大赛，双获一等奖，爷俩喝酒唠嗑，投机投缘，老爷子认为玉兴"有心劲，日后错不了"，就把闺女许配给玉兴。这段趣事就可以编写一个二人转段子。又如《锔锅匠》，先写作者炒爆米花把大铁锅炸开了大璺，然后锔锅匠适时而来，实是妙笔生花，引人入胜，赚人眼球。

其四是风格合民。全书文风朴实，无炫耀，戒华藻，实话实说，娓娓道来，如唠家常，如数家珍。尤其是运用方言土语，更增加亲切感和生活味。例如"嘎东"（《杀猪匠》）、"说话搭理儿"（《秫秸灯匠》）、"烟笸箩"（《说书匠》）、"箭杆梢儿"（《秫秸扎刻匠》）、"挨老婆一顿臭骂"（如《喇叭匠》）等。而《劁猪匠》中引用的朱元璋的一副对联"双手劈开生死路，一刀割断是非根"更是妙趣横生，幽默诙谐。

**三、匠人独塑**

人物是文学作品的中心和主体，本书的主体是关东匠人的群像，是中国工匠的人物画廊，也是中国手艺人的群星谱和

“封神榜”、光荣榜。

作者以独树一帜的视角和视域，塑造出一个个栩栩如生、有血有肉的关东匠人的典型形象。总体上说，有三大特色和内涵。

其一是文化蕴。文化是人类物质文明和精神文明的总和，国民文化水准的高低，决定着一个国家整体水准的高低。大国工匠精神与大国科技精神是优势互补的。虽然“科学技术是第一生产力”，但是“劳动者是生产力的首要的能动的要素”，也是不容颠覆和否定的。电脑是人发明和使用的，机器人也是由人操纵并为人服务的。“中国创造”要靠“中国制造”来实现，而“中国制造”则离不开中国工匠出身。例如，木匠师祖鲁班，后来成为建筑师；石匠名家李春，后来也成为建桥家；绘画大师齐白石，也曾经是一个木匠。

《关东五十匠》中的每位匠人都是人类文化的载体和传承人。值得特别关注与指出的是，书中有许多项目，都属于非物质文化的典型项目，其匠人都是地道的传承人。这应当引起双城区有关文化部门的注意，及时组织“申遗”活动。书中已经提供了翔实的制作工艺流程及相关的图文资料，这是十分珍贵的文化资源，理应得到充分的开发和利用。

其二是民族魂。民族文化是一个民族的精神支柱，也是一个民族的智力支撑。民族自信少不了民族文化的自信。书中每一位匠人都是纯粹的中国匠人，每一门手艺都是纯粹的中国制造，其民族文化的内涵都是十分鲜明丰富的。例如《塾师匠》中的朱老先生，是北宋著名儒学家、理学家朱熹大师的后人。朱老先生传承的是正宗的儒文化。又如《豆腐匠》中作者追根溯源，介绍了中国的特产豆腐是战国时期燕国大将乐毅为孝母所造，彰显了民族传统的孝文化。

其三是地域风。地域文化又是民族文化的重要组成部分，地域文化特色越鲜明，民族文化的特色也就越强烈。鲁迅先生说过：“有地方色彩的，倒容易成为世界的，即为别国所注意。打出世界上去，即于中国之活动有利。”每位匠人，都以民族文化的实力与关东地域文化的魅力感动人、感染人。有许多匠人已经走出国门，走向世界。例如“吴家喇叭”的第四代传人吴忠喜，现为加拿大华人乐团独奏演员、唢呐首席；第五代传人吴冬晓，曾在美国、加拿大等国家演出，广获盛赞。如此等等，不胜枚举。

综上可见，《关东五十匠》是一部匠心、匠文、匠人三位一体、三维互动的关东文化的创新之作、精品之作，实在是可喜可赞、可圈可点。最后，谨以打油诗一首作结：

**贺《关东五十匠》出版**

一册香书落彩云，遥知乡恋谢知音。
双城写匠歌工匠，文化神魂震众魂。
黑土情怀黑土蕴，关东故事关东根。
山君又上新高度，点赞频频不老人。

# 匠人是人类的教科书

## ——赏读王文山新著《关东五十匠》

霍华民

一看到这《关东五十匠》的封面与书名，我就想读，就想为它点赞。首先，这个选材就令我敬佩、敬畏。为匠人立传，这是真正为匠人继绝学，为天下开太平的大手笔，作家的这个认知和作为实在了不起！

### 文山的担当

我早就知道当地流传很广的一句话：双城没有山，有个王文山。显然，这是当地文友对他的赞美和仰慕。其实，我也很早就仰视王文山先生，他不仅多才多艺，还重情重义。

我心中的文山先生，是真正的“文化苦旅”中的高人。

他几十年如一日地勤奋写作，他的戏路子特宽，集文学、曲艺和书画于一身。他的积累，他的学养，已经到了不易效仿的境界。于是，出版这样厚积薄发的力作，是偶然中的必然。

文山先生称《关东五十匠》是一部散文集，其实不应当这样简单地定位。我觉得：首先应该冠上文化散文，其次应该是一部文学样式的学术专著。因为这样的作品，文学创作的人写不了，学术研究的人也写不了。只有文山先生这种长期在真实生活中浸润的有温度的文化人，才有如此深刻的体悟和史料丰富的作品。

我认为，实质上文山先生是在抢救“非遗”的文化和精神成果。

匠人是民族的，自然也是世界的。我坚信，如果没有文山先生这类人及时抢救式的努力，80后、90后乃至若干年后的人都不会再知道还有什么匠人。文化的断链，是可怕的。诚然，更无法谈传承什么关东匠人精神！特别是东北文化的传承，都无从谈起。

从这个意义上想开去，王文山的担当，是非常了不起的，是非常可敬可佩、可喜可贺的。

## 匠人的精神

赏读《关东五十匠》，倍感亲切，而且是久违了的亲切。

人是文化的载体。客观分析，近些年文学作品的精神引领功能日趋弱化。一个关键的原因，就是一些作家缺失责任和担当。文学是人学，作品终究是精神产品，只有自己骨子里有正能量，才有可能引领别人，才有可能成为民族精神的引擎。

文学艺术表达的内涵，说到家是体现价值的选择。匠人的精神，主要是德才兼备，排在首位是品德。技术可以进化可以淘汰，但品德不能丢失，良心不能泯灭。可以说，失德失信的事儿，在过去的匠人身上很罕见。

文以载道，艺以修身。在王文山先生的笔下，匠人用他们鲜活的故事给我们以启迪，同时也让我们对当下许许多多问题进行正思和反思，例如本书第一篇《塾师匠》里的朱先生，在双城县教私塾20余年，教过500多名学生。他手书蝇头小楷《古文观止》给学生做范文，深受学生们喜爱。可见，教师水平决定着教育的质量和品质。

绢花匠、豆腐匠、制鼓匠、杀猪匠、喇叭匠、扎灯匠……全书历数数十种匠人，一篇篇匠人的故事在文山先生的笔下生动有趣，不仅呈现着历史纵深的魔力，还散发着匠人的人格魅力。这是多么难得的历史资料啊!

无论是以历史的眼光，还是现在发展的眼光来看，这些匠人都是人类智慧的积累与沉淀。由此，我们应该反省当下：有些作家的作品，离文化越来越远，与浮华越走越近。特别是离传统越来越远，与西化则越写越近。这不是咄咄怪事嘛!

王文山先生能够立足现实写作，其实正是出于他面向未来的思考。

## 淳朴的讴歌

当下散文创作的不尽如人意与散文创作者的学养不够有直接关系。王文山是学者，也是作家，还曾是官员。他的学养，不仅是在书本上学的，更多则是在生活中学习积累的。平心而论，他长期潜心琢磨切磋，颇得创作的要义。

他的作品根植于真正的生活之中。能写出这么翔实的有滋有味的生活篇章，真是赖于文山先生的学养。当然，还有他日积月累的生活积淀。因此，他的文意自然澎湃，文字凝重而飘逸，并潜蕴着关东天地万物的气脉。特别是文山先生的文章自然根基稳固，不随流俗。

可以说，关东文化整合了中原等地的多种文化元素，最终把适应东北地区的文化因子保存下来了。特别是具有御寒特点的饮食和服装，其中“北咸”的饮食文化特色最为明显。随着时代的发展，这里人们也在不断提升自身的文明程度和综合实力。

概括起来说，《关东五十匠》在表达东北人的感情的火热和豪爽上，很到位，并有与时俱进的精神力量。这对于当今的文学艺术上那些泛娱乐化和市场化的东西，是一个强有力的批判。从这个意义来说，《关东五十匠》的历史意义和现实意义，就非常难能可贵。

匠人是民族文化与精神的结晶。有专家说：一个民族的文学艺术往往是该民族的生活方式、思维方式与精神世界的反映与展示，也是该民族文化的沉积与凝结。所以说，这部《关东五十匠》真实地反映了中华民族灿烂的文化和博大深厚的精神内涵。

# 寻找黑土地上的匠心

## ——读王文山散文集《关东五十匠》

张晓光

我是很少写评论的，一是我只给熟悉的作家朋友写评论，因为熟悉，碍于情面，不好推托。二是我创作时间较为紧迫，自己写作时间尚不充裕，更没时间去评论他人作品。但是我与王文山先生却不熟悉，只是听了《黑龙江林业报》副刊金恒宝老师的一些介绍，然后不久就收到了金老师转交的王文山先生大作《关东五十匠》。金老师对我说，希望我看完后可以谈点什么。可能金老师觉得我作为青年作家谈些自己的意见，比较有代表性。因为我现在在平房区委办公室工作，时间确实不宽裕，当时没有马上应承。但是回来看了作品以后，我觉得，还是有必要说些什么。正因为与王文山先生不熟悉，可能会更客观、理性些。

开卷在手，最先吸引我的，就是金恒宝老师的序言。开篇序言中表示，“作者深入挖掘匠人的基本内涵，是真实性与艺术性的合二而一。”读过太多当代虚构的散文，经常看着作者肆意将笔下的世界描绘得天花乱坠，虽然足够吸引读者的眼球，却不免太过流于想象，失去了“真实”赋予我们的那种特有的迷人气息，所以渐渐地，我在挑选文学作品的时候会更倾向于选择真实性与艺术性兼具的散文，而《关东五十匠》就符合这一点。

《关东五十匠》大体记述的，都为20世纪80年代左右甚至更早的一些匠人故事，如今传统的匠人们逐渐成为历史，而随之消亡的更是传统文化。历史的厚重使这些匠人故事格外产生了一层庄严，仿佛一袭被珍藏已久的华美旗袍，低调静默，时光消磨不了它的璀璨光华，反而令它增添了现代社会罕见的庄重底蕴。可以说，我很庆幸自己在这个信息大爆炸的年代，能有幸与这部作品相逢。

读完作品，我发现每一篇散文都天然带有一种内在的韵律与节奏，这使我有些困惑。后来在作者简介中，我找到了答案，作者身为中国曲艺家协会会员，创作了大量的曲艺作品，所以这使得作者对于散文，有着自己独到的见解与把握。在这洋洋洒洒二十余万字的著作背后，我看到了作者严肃创作的态度，不敷衍了事，不急于求成，而是认认真真地把一个个故事讲好，这种从容、淡泊的心态，其实反映了作者的真诚以及作者对于读者的尊重，这也是我阅读这部作品时所收获到的意外之喜。我想起一次受邀参加师胜杰先生在央视录制《致敬经典》栏目时的情景，师先生说了八个字——“天分、勤奋、缘分、本分”，这与作者的创作不谋而合。

我还有一个体会，就是这本书的“四气”与习近平总书记在全国宣传思想工作会议上提倡的“四力”正好相吻合。一是用脚力接地气，实地走访匠人，收集资料，深入生活，扎根人民。二是用眼力寻底气，找到匠人所承载的文化肌理和底蕴。三是用脑力思生气，弘扬传统技艺在新时代的继承与发展。四是用笔力弘正气，所谓正气，就是尽一生，专一事，将工匠精神结合到文学创作当中来，做有信仰、有情怀、有担当的文学工作者。

正如作者在后记中所说，“我感恩他们，怀念他们，用我的笔传播他们的故事，弘扬他们的精神，为他们竖碑立传，是我的责任和义务。”没有过多地放在抒发小情绪上，而是呈现出了一种中国式智慧，看似是小故事，其实微言大义。好的散文就是需要表达、情感与思想有机统一，如同歌德提及的那样：“艺术要通过一个完整体向世界说话。但这种完整体不是他在自然中所能找到的，而是他自己的心智的果实，或者说，是一种丰产的神圣的精神灌注生气的结果。”我曾经在鲁迅文学院参加张炜新书《海边兔子有所思》发布会时与王蒙先生对谈，就提到好的作家一定是思想家，或许情同此理。

总而言之，我认为这是一部较为成功的散文集，作者所寻找的黑土地上的匠心，其实就是对于传统文化的追寻。这正是作者贯彻全国思想宣传工作会议精神，自觉承担举旗帜、聚民心、育新人、兴文化、展形象使命任务的真实生动的写照。正所谓“己所不欲，勿施于人”，而这部作品正是我“所欲”，所以我想要“施人”。我真心向大家，尤其像我一样的青年人推荐这部非常具有历史底蕴的作品——《关东五十匠》。

# 黑土地上的民俗画卷

韩文莲

在双城堡这片古老的黑土地上，有广泛流传的民间故事和传说，更有深厚的民俗底蕴，双城区作家协会主席王文山先生的散文作品集《关东五十匠》，就是一部根扎黑土地，立足民俗，向社会和广大读者展现的民俗画卷。

我与文山主席的交往，多是参加乡间采风活动，听他讲述从前的乡村趣事，感受到他浓烈的乡土情怀。家乡的人情故事，一经他讲述，总是活灵活现，给人留下深刻的印象。

文山主席的散文有感而发，观察细致，风格朴素，浓浓的民俗气息扑面而来。作者像拉家常一样，娓娓道来，引人入胜，一个个人物鲜活、生动、有趣、感人，给人以心灵的愉悦和精神的享受，作者与读者产生共鸣。翻开这本书，那些迷人的民俗风情和那些有着高超技艺的手艺人，又一次呈现在眼前，唤醒了我尘封的记忆，我对此又有了崭新的认识。对我来说，有了这份弥补，就不遗憾，这是捧读《关东五十匠》给我的切身感受。作为土生土长的双城人，了解双城乡情、双城民俗，读来既亲切又感动。读此书不由得想起丹纳曾经说过："要了解一件艺术品，一个艺术家，一群艺术家，必须正确地设想他们所属的时代精神和风俗概况。"

《关东五十匠》是写实的，作者对乡村的故事烂熟于心，慢慢发酵，从笔端汩汩流出，质朴、平实的语言，勾勒出一个个形象，姿态万千，跃然纸上。这与文山主席多年的沉淀与积累、广闻博记是分不开的。作者写风俗写人物能触动人打动人，让人读着读着，不由得被其情绪感染，得到潜移默化的熏陶，进而产生无尽的遐想，给人以启迪。

双城人杰地灵，有着深远的人文历史，也孕育了各行各业的能工巧匠。乡村百姓勤劳、智慧，富于灵性，对生活充满热情和希望。比如《苫房匠》中的李凤春，"他苫的房子，不仅脊拧得结实，檐子齐刷刷，前后坡平展展，没有横草……人品好，有求必应，不挑吃喝……"行走在这样的字里行间，让人沉醉。苫房匠身上有着几代人的传承，闪烁着朴实诚信的品格。在清贫的乡村，不乏豁达、温暖。《关东五十匠》文字虽然平实、简单，却饶有趣味。作者没有用智性去过滤，也没有异化，而是原生态地原汁原味地呈现。没有宏大画面，有的是庸常的人和事，是赤脚在乡间的行走。

《关东五十匠》描绘丰富多彩的乡村生活，传播匠人故事，为他们竖碑立传。文山主席立足脚下的黑土地，贴近乡亲，贴近底层，使不起眼的乡村生活在他的笔下放出异彩，乡村是他艺术创作的源泉。《锔锅匠》中对锔锅的一段详细描述，如果不是用一颗敏感的心，捕捉生活的一点一滴，是不会有这样的文字的。

文学是人学，可贵之处在于真性情。作者生活在双城堡这块土地上，几十年的滋养和沉淀，对这里的风俗民情和人情世故，无论是吃的，用的，住的，穿的，都了如指掌，和乡村没有一点隔膜。作者对家乡爱得深沉，对这方土地用心书写，因此《关东五十匠》是淳朴的、接地气的，亲情、友情、乡情融为一体，承载着浓浓的情感。

《关东五十匠》的内容是“土”的，精神则是坚韧的、高昂的，充满时代气息。要么是家乡的能人巧匠，要么是家乡的风物旧景，要么是家乡的特色吃食，在作者的笔下，痛快地挥洒，散发着咀嚼不尽的乡土生活余味。作者对家乡的歌咏和赞叹，有声，有形，有力度，从中听到积极向上的精神召唤。

《关东五十匠》呈现出的独特魅力，对传承和挖掘乡土文化有重要意义。双城这方黑土地，是这方人赖以生存的根本和精神依托，是值得我们用一生去书写的。

# 古城盛开民俗花

陈瑞霞

双城堡是座古城，是我向往已久的地方。这座古城蕴藏着深厚的文脉，凝物华以示天宝，聚人杰再现地灵。这次有幸来到双城也是以文会友的良机。读完《关东五十匠》，我的第一感受就是，在双城这块古老而又深情的黑土地上，有着延续不断的民间习俗，让我大开视野，收获多多，受益匪浅。

顾名思义，《关东五十匠》是书写匠人的书，这些匠人来自民间，每一篇都写到了民风、民情、民意，因此我说这更是一部书写双城民俗的书，是一束古城盛开的民俗之花。一个地方，如果没有民俗，就没有扎根大地永不可拔的根。不管你在哪个领域工作或生活，传统的民俗都会给你更多的联想和启示。这是一种民俗文化修养，这种民俗文化修养会让人不肤浅、不浮躁，有滋有味地生活。读《皮影匠》一文，我想到了对皮影戏评价的经典老话：一口道尽千古事，双手挥舞百万兵。皮影戏在民间源远流长，雅俗共赏，深受群众的喜爱。皮影戏也叫灯影戏、影子戏。《皮影匠》中描述韩玉复是远近闻名的皮影艺术家、皮影镂刻大师，被称为皮影巨匠。他从小就培养儿子韩树柏，传授镂刻皮影艺术。通过言传身教，韩树柏很快就掌握了镂刻这门艺术。作为皮影艺人的后代，韩树柏子承父业，绝不让皮影艺术失传，责无旁贷地承担起了保护皮影的历史使命。民俗是一种文化，一种遗产，一种传承，一种风情……在生活中，民俗无所不在。

自古以来，大多数的文学作品，说唱艺术与民俗息息相关。比如中国第一部诗歌总集《诗经》，内容就源于民俗。《诗经》是民歌或模拟民歌的诗体，民歌是随口唱的，随口用韵，随时转动，是在民俗中提炼的天籁之音。在写作技巧上，《诗经》遣词用字精练生动，句法章法变化无穷，状物写人形象逼真，叙事抒情优美感人，这就是民俗的魅力所在。

我读《关东五十匠》，读出了古城的旧民俗和新民俗，不论是旧民俗还是新民俗，都带有“土”的特点。任何文艺作品，若是土得到位，就会自然而然涌现出大的境界。万物土中生，若是没有土，万物无法生长，精神产品也是空中楼阁。对文山主席来说，我们都希望他能继续土下去。土是他的根，他的个性，他的风格，甚至是他的灵魂。民俗大家钟敬文说：“对于一个民族来说，文化是民族构成的主要因素，不同的民族有不同的文化做支柱，同时也是民族群体产生凝聚力的主要因素。而范围十分广阔的民族学，在一定意义上说，它是一个民族文化的根，任何民族的高层次文化，都是从民俗文化滋生出来的。”

《关东五十匠》是民俗文化之书，也是文化民俗之书，更是二者相结合的艺术之书。我们期待文山主席在今后的创作中，佳篇连连，力作不断！

## 后记

# 弘扬匠人精神　传承匠人文化

关东的黑土地，是神奇的、肥沃的黑土地。这疙瘩不仅盛产优质的大豆、高粱、玉米、谷子、杂粮、蔬菜、瓜果，也是物华天宝、人杰地灵的风水宝地，繁育滋养能工巧匠的摇篮。早在远古时期，农耕时代，几乎每个乡、镇、村、屯，都有匠人的活动身影。就拿我的家乡哈市双城区金城乡临河村来说，一个几百户人家、几千口人的小村，先后涌现出木匠、铁匠、画匠、泥瓦匠、成衣匠、喇叭匠、裱糊匠、扎灯匠、豆腐匠、粉匠、苫房匠、教书匠、编席匠、说书匠等几十种民间匠人。那时候，小村的天下就是他们的天下，一技在身，足以立足乡里，引人仰慕。在父老乡亲的眼中，最受尊敬的不是把名字和生平写进县志的官员和名人，而是村中的手艺人。在民间，一个人的学问再高也高不过吃喝拉撒，高不过衣食住行，高不过生老病死。那些手艺人就是掌管民间烟火的祭祀者，他们以自己的手艺扮靓着生活的一个个侧面。

村里的每一个人都与手艺人有着千丝万缕的联系。村人住的房子是匠人造的，苫房草是匠人苫的，烟筒、火炕是泥瓦匠搭的，穿的衣服是成衣匠缝制的，睡觉铺的炕席是手艺人编的，新婚洞房是手艺人裱糊的，描金柜是画匠画的。吃的豆油是手艺人榨的，豆腐和粉条是匠人做的，吃的猪肉是匠人杀的，厨师做的。种地的犁铧、锄板，割地的镰刀，刨粪的镐头，甚至连冬天送粮、送粪的骡马挂掌都得找铁匠。还有过年贴的挂钱儿和看的影人子是匠人刻的，扭秧歌演员举的灯笼也是手艺人扎的，大鼓是鼓匠蒙的。家家户户做饭用的锅、碗、瓢、盆也是手艺人所为。无论是生活、生产、娱乐都离不开手艺人。

俗话常说：“一招鲜，吃遍天。”“手艺在身，不愁订婚。”许多人把自己的孩子送到手艺人的铺子里去当学徒，希望儿子成为有一技之长的手艺人，光宗耀祖。每家每户的姑娘找婆家，要找有手艺的小伙，小伙找媳妇愿找老丈人是手艺人的。手艺人打造出的民间器具，如今大多已都损毁，撒落在家乡的土地上，与它所置身的世界如此格格不入，又如此熠熠生辉。多少年了，这些灵性之物的身上，依然折射出某位故去的手艺人独到的天赋。他们的技艺未必是巧夺天工的，但必然是归依自然的，他们作为造物者在民间的代言人，缝补着生活的缺口。

说到我和匠人们的关系，更为密切。我是民间艺术的最大受益者。从小我就愿意和有手艺的人打交道。上学前，和住在我家的皮影匠人学刻影人子、耍影人子；和村里李氏三兄弟学画柜、学扎灯笼。上小学以后，特别是上了初中和阿城师范学校后，对手艺人更是佩服得五体投地，在幼小的心灵中产生了长大后要学一门技艺做一个手艺人的愿望。寒暑假期一有空我就参与村里手艺人的活动：冬天到生产队去看编席，看漏粉条，看做豆腐；春天跟着匠人看苫房，看盖房子；夏天看锔锅；秋天看吊棚糊墙。随着知识的增长，学生念的课本觉着不解渴，想找书看又没有，无可奈何只好半宿半夜听村里人称为"说客"的王仁山大哥和父亲说书，以此填补心灵的空虚。参加工作开始学习文学创作后，我又利用家访机会，亲近民间艺人，和成衣匠、泥瓦匠、铁匠探讨人生，学习专业知识。可以说，他们培养了我的兴趣爱好，是我的启蒙老师。在他们的影响感染下，我才走进了文化艺术的神圣殿堂。他们像一盏盏指路明灯，引领我走上文艺创作的道路。他们那自觉坚守、锲而不舍、精益求精的精神鼓舞着我，推动着我；他们荡气回肠、生动感人的故事和形象活跃在我的脑海里，滋补着我，成就了我当作家、当画家的梦想。在我几百万字的十几部书籍和数千张的写意牡丹作品中，凝结着民间手艺人的心血；在我各级大赛中获得的十几个奖状、奖杯上有他们的功劳。如今，可以骄傲地说，我已经是他们群体中的一员，成为一个名副其实的写书、绘画匠人。

我感恩他们，怀念他们，用我的笔传播他们的故事，弘扬他们的精神，为他们树碑立传，是我的责任和义务。这也就是我创作出版这本散文集的初衷。

王文山

2021 年 12 月